JN011934

林 真司

私がヤングケアラーだったころ

統合失調症の母とともに

みずのわ出版

私がヤングケアラーだったころ——統合失調症の母とともに◉目次

ジャケット写真　著者と母林好子。表1は一九六三年頃（著者蔵）、表4は二〇二一年（柳原一徳撮影）

序章　ヤングケアラーの四六年

私は料理が得意で、掃除や洗濯も苦も無くこなす。こんな風に書くと、還暦前の男にしては珍しく、家事ができると自慢しているようにしか、聞こえないかもしれない。だが、それは本意ではない。家事全般について、私が得意な理由は、自らの生い立ちが深く関わっているからだ。

近年、テレビや新聞等でヤングケアラーという言葉に触れる機会が増えている。病気の近親者を介護する若者が、けっして少なくないという事実に、ようやく社会も気づき始めたようである。

これまでヤングケアラーの存在は、全くといってよいほど知られてこなかった。理由のひとつとして言えるのは、当事者たちがひっそりと息を潜めるように暮らしてきたということがある。病気の親や兄弟姉妹を、人知れず世話する若者が世の中にはたくさんいるのだが、様々な理由から他人に打ち明けられずにいる。特に、病気が精神疾患の場合、世間の偏見もありカミングアウトするのは、勇気がいる。子どもが家族の病気を知られたくないと思う気持ちには、多くの酌むべき事情がある。

じつは私自身、いまでいうヤングケアラーであった。具体的に言えば、私が小学六年生だった一九七五年頃から二〇年以上、いや厳密には今に至る四六年間にわたり、ずっと母の世話をしてきた。母（林好子、一九三五年生）は統合失調症（旧病名は精神分裂病）を患っていた。当初は、病状が非常に悪く、日常生活が全く成り立たなくなっていた。入退院を繰り返すものの、一時的によくなっているように見えても、すぐに元通りに、いやそれ以上に症状が悪化していくように感じた。私も子どもなりに、母の病気はどうすれば良くなるのか、寝ても覚めてもそのことに頭を悩ませたが、何の手掛かりもなく時間ばかりが過ぎ去っていった。

小学校時代の私は、とりたてて優等生ではなかったが、そこそこの成績は維持していた。しかし母の病状が悪化するのに伴い、私の成績は急降下していった。ちょうど中学に入学したばかりのころ、母は自宅で朝から晩まで錯乱していた。私は学校に行く気力が無くなり、最初の一ヶ月間は不登校が続いた。

先生に説得され、ようやく学校に通い始めるが、中学で始まる英語などの新しい教科に全くついていけない。さっぱり理解できないうちに、あっという間に卒業を迎えた。完璧な落ちこぼれであった。劣等生の私は、問題行動も多く、周囲によく迷惑をかけた。定期試験の日程を把握せず、何の勉強もせぬままテスト当日に呆けた顔で登校して、皆にあきれられたりもした。思い出すのも心苦しいが、仲間に暴力をふるうこともあった。あろうことか、女子生徒に手を上げるような、卑劣なマネも平気でした。全くのクズである。汗顔の至りとしか言いようがない。迷惑をかけた友人たちにずっと謝りたいと思いながら、いまだに果たせずにいる。この場を借りて、心からお詫びするしかない。

母の病気に翻弄されながら、いつも同じようなことばかり考えている自分がいた。

——こころはいったいどこにあるのか。あるとしたら、どんな色でどんな形をしているのだろう。心に実体があるわけではないのに、母はその「こころ」を病んで苦しんでいる。同時に、中学一年生の私（一九六二年生）は、三つ下の妹（林千晶、一九六五年生）とともに、四六時中「こころ」を引き裂かれそうになりながら暮らしている。なぜ人は心を病んで、生きていくことが難しくなってしまうのか。私はずっとそんなことばかりを考えて、暮らしてきたといってよいかもしれない。

二〇二〇年の初頭から、新型コロナウイルス感染症が世界規模で広がり始め、日本社会も日常生活が大きな制約を受けることになった。文筆を仕事にする私も、取材活動が思うに任せぬ状況に立たされてしまう。しかしそうした閉塞状況は、自分自身の人生をいま一度振り返る契機ともなった。

私は、間もなく還暦を迎える。ずっと若い気分でいるが、もうそんな歳になるかと思うと、感慨深いものがある。そんな私だが、子どもは今春（二〇二一年）中学生になったばかりである。真新しい制服を着てリュックを背負い、登校していく姿を見ながら、私の中学時代はいったいどんな風だったろうと、ふと考えてしまう自分がいた。

当時の私は、あんなに意気揚々と歩いてはいなかった。母の病気で家庭は崩壊し、何の希望も見いだせずに、おそらくうつむき加減で歩いていたのではないだろうか。もちろん他者からすると、特に大きな悩みを抱えているようには見えなかっただろう。どこにでもいる、ごく平凡な中学生の一人にすぎなかったはずだ。

だが私の心は荒涼とし、ささくれ立っていた。私や妹は誰にも助けを求められずに、その日その日を息も絶え絶えに過ごすのがやっとであった。とてもじゃないが、胸を張って歩けるような境遇ではなかったのだ。だがそんな話は、けっして人に打ち明けることのない、心の奥底に封印してきた辛く悲しい記憶である。

子育ては、自分自身の人生を、あらためて追体験する作業のようにも感じる。私が子どもと同じ歳の頃、いったいどんな経験をして、何を考えていたのか、否が応でも振り返らざるをえない。けっして誰にも言うまいと固く誓ってきた、幼い頃の辛い思い出だが、子どもの成長を見るにつけ、今一度きちんと検証しなければいけないのではないかと、次第に考えるようになった。

子どもには、けっして自分のような経験をさせたくない。そのためには、当時の記憶をいつまでも遠ざけているわけにはいかない。約半世紀前に、自分の身の回りで何があり、どう考え、どのように対処してきたのか。苦痛ではあるが、けっして目をそらさずに、思い出す限りの事実に、真摯に向き合わなければならない。またそうしなければ、私の暗く悲しい青春時代はいつまでも終わりを告げることがないだろう。いまこの機会に当時の出来事を直視すれば、きっとあの頃の見え方も変わってくるに違いない。

心病む母との生活は、筆舌に尽くしがたい苦難の日々であった。もしできることなら、すべてを捨てて、逃げ出してしまいたかった。しかし実際には、そんなことはけっしてできるはずもなく、ただ現実を耐え忍んで生きていくしかなかった。

以来、長い時間が経過した。いろんな人に助けられながら、母はどうにかこうにか、今日まで生きてこられた。母も今春で八六歳になった。

母と私たち家族が辿った道のりが、もしかすると現代のヤングケアラーたちにとって、わずかではあるが、現状を打開する糸口になるかもしれないと思い、筆をとることにした。

あきらめずに苦難に向き合っているうちに、いつかきっと灯りは見えてくる。そのことを、いま実際に苦闘している人たちに伝えたい。

第一章　中学時代

私の中学時代はつらい思い出しかない。学校から、病気の母がいる家に戻るのがとにかく嫌だった。四六時中、よくぞこれだけエネルギーが持つものだと、半ば呆れるような母の狂気が、家では待ち構えていた。来る日も来る日も、支離滅裂な叫び声にさらされつづけるのは、耐え難い苦痛である。しかし、そうした境遇を、友人や先生たちに相談することは決してなかった。相談したところで、家庭の問題が解決するはずがないし、母の病気が明るみに出ることだけは、絶対に避けなければならないという気持ちも強くあった。

当時の私は、母の病気を悟られまいと、必要以上に明るくふるまう傾向があった。元々、陽気な方だから、特に無理してバカを演じているとも周囲は思わない。だが、過剰な行動は、時に一線を越えてしまい、先生から大目玉を食らうことが少なくなかった。それを見た友達が、「やっぱり林はアホやな。悩み事なんか何にもないで」と、囃し立てる。私は頭を掻きながら、母のことがバレていないことを確認したような気になり、内心ほっとしていた。

当時、私の家は老朽化したアパートを経営し、家族もその一画で暮らしていたことから、プライバシーもあってないようなものだった。そんななかで、母は錯乱しているのだから、病気であることは近所で有名であったことは間違いない。近くの銭湯では、格好の噂話のネタになっていたとも、よく聞いた。だから、私が学校でひた隠しにしたところで、実際には噂はじわじわと広がっていたはずである。だが悲しいかな、来る日も来る日も、学校では気楽で能天気な人物を演じ続ける自分がいた。

母の病状悪化にしたがい、私たち家族を見る世間の目は、次第に冷たくなり、買い物に行くのもはばかられる雰囲気になっていった。母のみならず私や妹まで、何か汚いものであるかのように、邪険に扱われるようになっていったのだ。以前は愛想の良かった、パン屋の老夫婦も、私が行くと露骨に嫌な顔をするようになった。

母は「電波に操られている」とか「家の中にスパイがいる」といいながら、表情を歪めて、周囲ににらみを利かす。一人ぶつぶつ言っているのだが、何を話しているのか、意味不明である。同時に、家の中を大声で叫びまわる。その様子から、本人が何かに苦悶しているのはわかるが、心奥はうかがい知れない。こちらから話しかけても、意思疎通は困難である。とにかく一方的に、朝から晩まで叫び続けるのである。

やがて母は、祖母（母の実母松本隆《たか》、一九〇八年生）に暴力を振るうようになった。母の暴力を避けるために、祖母はアパートの一室に避難した。どこで誰が、どうやって食事を作り、洗濯をしていたのか、今となってはよく思い出せない。どうにか分担して、こなしていたのだろう。

そんな私たちの異常な暮らしぶりを、周囲は好奇の目でみていた。米屋のオヤジは、御用聞きを装って家にやってきては、母の狂った言動を、大笑いしながら見物していた。いつも自転車で回ってくる豆腐屋は、「お婆ちゃん、アパートの部屋で隠れてるで」と母に告げ口し、楽しそうに帰っていった。家庭の修羅場は、彼らにとって喜劇でしかなかったのかもしれない。他人の不幸がそんなに面白いものなのか。私は世間の酷薄さに、はらわたが煮えくり返る思いだった。

中学一年の一学期は瞬く間に過ぎ、終業式の日を迎えた。いつもより早い時間に帰宅し、玄関を開けると、どういうわけか隠れていたはずの祖母がいる。事情がすぐにはわからなかったが、そこに母がいないことだけは確かであった。いったいどこに行ったのか。「お母ちゃんは、病院に入院することになったんや」と、祖母は苦しげに言った。

いくら病気の母でも、いなくなると寂しい。私や妹はまだ幼く、母親が必要な年頃である。妹はまだ小学四年生であった。喪失感は少なくなかったが、家に平穏な暮らしが戻ったことだけは確かであった。

落ちこぼれた私を心配して、祖母は家庭教師をつけてくれた。大阪教育大学の学生が、家にやってきた。黒縁メガネをかけて、いかにも苦学生然としている。源当均《げんとう》という名の風采の上がらぬ男子大学生だった。

中学生になり、長く空室だったアパートの一室を、自分の部屋として使うようになっていたが、毎週そこで勉強を教えてもらうことになった。落ちこぼれの私が、あまりにお粗末なので最初は驚きを隠せぬ様子だった。しかし次第にそれにも慣れて、丁寧に勉強を教えてくれるようになった。熱心な先生で、試験前などはいつも私の部屋に泊まり込むほどであった。それほどまでに、力を入れてくれているのに、私には真剣さが足りない。「ええ加減にせえよ」と怒られ、それがもとで口げんかになることは、いつものことだった。何度大喧嘩したかわからない。

学校の勉強だけではない。それ以上に印象深いのは、政治などの社会問題や読書、映画、旅行のことなど、様々な話を聞かせてくれたことである。私が本を読むようになったのは、源当先生の影響が大きい。

勉強ばかりじゃ退屈だろうと、公園でキャッチボールをしたり、相撲をとったり、まさに体当たりで、問題児の私に向き合ってくれた。結局、私が中学を卒業するまで、ずっと勉強を教えてくれたが、源当先生の熱意にもかかわらず、成績は低空飛行のままだった。申し訳ないとしか言いようがない。しかし、落ちこぼれの私に、真剣に関わってくれたことは、本当にありがたかった。そのおかげで、道を外れずに済んだのかもしれない。問題のある家庭環境であっても、すこしでも真っ当に生きられるように、心血を注いでくれたのである。源当先生は、その後小学校の教師となり、定年まで勤め上げた。七〇歳を超えてからも、非常勤講師として最近まで教壇に立たれた。

話は前後するが、母の入院中、父（林正行、一九二六年生）は毎週面会に行っていた。しかし私や妹は一度だけしか行っていない。母の顔を見て、私たちが寂しがると思ったのだろう。病院で久しぶりに母と会ったときは嬉しかったが、素直に態度に表せない。妹はずっと恥ずかしそうにしていた。帰り際、母は涙を浮かべて、「また来てな」という。私も涙をこらえるのに必死だった。帰りの車内では、三人とも無口だった。そんなとき、当時人気のあった双子デュオ、リリーズの「好きよキャプテン」がラジオから流れてきた。聞いていると、無性に泣けてきた。こんな生活がいつまで続くのかと思うと、やりきれなかった。

母の最初の入院は、結局一九七五年の年末まで続いた。退院して自宅に戻ると、ずいぶん落ち着いている。これでよくなるのかと、安心したのもつかの間、しばらくすると再び病状が悪化していった。祖母に対する母の暴力はエスカレートし、命の危険を感じるほどである。なぜ祖母ばかりが標的になるのか。祖母はまたアパートの一室に隠れた。

家庭生活は混乱を極め、落ち着いて眠ることもできない。まだ小学生の妹は、いつも私に「なんでこんな家に生まれてきたんかな」と呟く。「普通の家がよかった」と泣き顔である。私ももちろんそう思うのだが、どうすることもできず、気のない相槌でごまかすしかなかった。

商売をしていた父は、疲労困憊の様子である。日中、懸命に働いて家に帰っても、自宅では母が大暴れをしている。結局、翌七六年の夏に、再び母を入院させることになった。前回とは、別の病院であった。

前年と同様に、年末に退院し、その時はずいぶんよくなっているのだが、あっという間に調子は悪くなっていく。気が付くと、家の中は再び大混乱の渦中にあった。

私が中学三年生になると、母は病院や薬を遠ざけるようになった。「薬は副作用がある」と、もっともらしいことをいう。もちろん病状は悪化の一途をたどっていく。寝る前の薬も飲まないから、「夜中一睡もできへんかった」と、朝になると目が血走り、殺気立った表情である。

そんな錯乱する母と、ずっと生活をともにしていると、こちらの精神状態が参ってしまいそうであった。周りの友達は高校受験にむけて、目の色が変わっていくのに、私はそれどころではない。瞬く間に、中学も卒業を迎え、高校に進学することになった。

第二章　暗中模索

落ちこぼれの私は、教育困難校に進むしかなかった。家から遠く離れた高校に、一時間以上もかけて登校するのだが、問題児ばかりが集まる校内は、大荒れに荒れていた。救いようのない馬鹿者がもちろん少なくないのだが、一方でどうしてこんな高校に来ることになったのかと感じる、まともな級友もちゃんといた。高校受験のタイミングに、人生の歯車がかみ合わず、底辺校に迷い込んでしまったような人が何人もいた。しかし、世間はそのような事情を分かってはくれない。十把一絡げに、「バカ」というレッテルを張るだけである。

妹も中学生になった。考えてみれば、妹は私より辛い境遇であったと思う。小学校の三、四年生から、ほとんど母親不在のような家庭環境に置かれていたわけである。悩み事があっても、母親には相談することもできない。祖母が母の代わりを務めたとはいえ、混乱する家庭環境では、制約が大きすぎた。

私が高校一年だった一九七八年初秋、父は体調不良を訴えるようになった。精密検査の結果、肺ガンであることが判明した。気苦労の絶えない商売のかたわら、病気の母を抱えて、父はひと時も神経が休まることはなかった。心身ともに疲弊した末に、大病を患ってしまったのだ。結局、入院手術の甲斐なく、翌年の一九七九年九月に、この世を去ってしまう。私は高校二年でまだ一六歳、三つ下の妹は中学二年生だった。

何の楽しみもない高校生活であったが、印象に残る教師もいた。押木という国語を受け持つ先生である。当時はまだ三十前後だったと思うが、妙に老成しているように見えた。授業中に自分の経歴を話してくれたが、すんなりと学校の先生になった人ではないということがわかった。

押木先生は高校を卒業後、牛乳配達の仕事についていたらしい。朝早くからの仕事に疲れて、こんな人生でよいのかと、ふと考えることがあったという。その時、無性に勉強をやり直したくなった。中学一年の教科書を引っ張り出してきて、一から勉強を始めた。毎日少しづつ勉強を続けるうちに、大学を受けてみようと考えるようになった。その結果、京都府立大学に合格し、教員免許を取って、教師になったのだという。

そんな姿をみて、押木先生の弟も刺激を受けた。弟は手の付けられない、名うてのワルであった。「眉毛剃って、アロハシャツ着てる奴が、どれだけ怖いかわからんやろ」と、先生はその恐ろしさを強調する。そんなワルの弟が、兄貴ができるんやから、俺にできんはずがないと、同じように勉強に取り組み始めた。数年後、滋賀大学に合格し、卒業後は大手建材メーカーに就職し、いまはそこでバリバリ働いているということだった。

押木先生の体験談を聞いて、もしかしたら自分にもできるかもしれないと、かすかな希望が芽生えた。高校の卒業式後、押木先生から「シャキッとせなあかんで」と激励されたが、本当にその通りだと痛切に感じていた。家庭の問題を言い訳にして、落ちこぼれのままでは、人生が灰色になってしまう。予備校に行って、一年間真剣に勉強してみようと、決意する自分がいた。一九八一年春のことである。

父は他界したが、父の経営していた金物屋は残った。数名の従業員が懸命に働き、私たち家族を支えてくれていた。おかげで生活できたのだから、ありがたいとしか言いようがない。高校卒業後、私は予備校に通うことになった。家庭は崩壊状態だったが、経済面が辛うじて安定していたことが、せめてもの救いであった。

予備校に行くからには、真剣に取り組まなければならない。中学、高校時代の中途半端な生き方とは、決別しようと固く誓った。予備校は、自宅から徒歩でも行ける、天王寺駅近くの学校を選んだ。

私は、予備校の授業をとにかくすべて受講しようと決意した。いくら退屈に感じる教科や講師であっても、それを理由に休まない。何があっても、無遅刻無欠席を貫こうと考えた。真面目に出席するくらいしか、落ちこぼれの私にできることはないように感じたのだ。スタートの段階から、私はずいぶん遅れているのだから、皆に追いつくためにはその分余計に勉強する必要がある。背水の陣で、机に向かった。予備校生活が始まったからといって、母の病状が改善しているわけではない。家に帰るとうるさいから、授業の後は自習室で勉強を続けた。

妹は高校生になっていた。家から比較的近い学校で通学は楽だったが、何を考えているのか母がのこのこやってくることがあったという。グラウンドから、外の様子が見えるが、見覚えのある女性が、ひきつった顔で妹に手を振っている。「母だ！」と分かった瞬間、妹は全身から血の気が引くのを感じた。私たち兄妹は、どこにいても気の休まることがなかったのだ。

帰宅後、食事の支度は、私がやることが多かった。予備校に持参する弁当も、自分で作った。負担ではあるが、続けるうちに、効率的にできるようになる。元々、料理は好きだから、いろんな工夫をするうちに、レパートリーは増えていった。

料理は作って終わりではない。後片付けが必要である。料理を作りながら、道具類を片付けていくコツを、段々と身に着けていった。やがて、料理が出来上がるのと同時に、台所の片付けも終わるようになっていった。

予備校がはじまって、一、二ヶ月もすると、出席者は少なくなってくる。また人気のある講師と、そうでない人との出席者数に、歴然たる差が付き始める。大教室なのに、受講生はまばらという授業もあった。そんな不人気な授業であっても、私は休まないと決めている。大教室の最前列に陣取り、人気のない講師と相対した。

見るからに冴えない、英語の中年女性講師がいた。臀部まで伸びきった髪の毛が暑苦しく、予備校生たちを余計に遠ざけた。授業もあまり面白くない。潮が引くように、受講生が減り、気がつくと生徒は私を含めて数名になっていた。さすがに先生もショックだったと思うが、少数でも出席している生徒に真剣に授業を続けてくれた。この先生は、心理学に興味があったようで、フロイトやユングの話を熱心に語っていた。詳しい内容は覚えていないが、授業のテキストでもフロイトを読んだことを覚えている。おそらく他の生徒は受験勉強の一環としてしか、その授業を聞いていなかっただろう。しかし私は、まるで違う感想を抱いていた。

何度も精神科病院に入退院を繰り返しながら、母の病状はよくなるどころか、むしろ悪化の一途をたどっている。もしかすると、母に対する接し方に、根本的な問題があるのではというふうに、私は感じるようになっていた。私たち家族は、母を病人としか見ていないし、そのような対応しかしていない。だが母は意味不明な言動を発しながらも、周囲に対して心底訴えたいことがあるに違いない。しかし家族のみならず医者も、そんなメッセージをキチンと受け止めていないのではないか。そうした母の気持ちを本当に理解しなければ、いつまでたっても母はよくなることはない。女性講師の話を聞きながら、私は大学に入学したら、母の思いに寄り添うことのできる医師を探して、連れて行こうと考えるようになっていた。

予備校生活は単調だ。ずっと机に向かっていると、ストレスが溜まる。唯一の気晴らしが、天王寺駅前の書店で立ち読みすることだった。たくさん並ぶ書籍の中で、気になる本があった。当時話題になっていた、医療界の風雲児が書いた本だったが、この人は徳之島の出身で、幼い時に妹を病気で亡くしたことから、医師を志したとあった。しかし離島で暮らしながら、医師を目指すのは容易ではない。大阪の親戚を頼って出てきて、市内の高校に通った。しかし医学部合格は、夢のまた夢である。

人の数倍勉強しなければ合格できないと思い定め、コッペパンを齧りながら、一日十六時間机に向かった。とはいえ睡魔が容赦なく襲う。自習室で観察していると、眠らず勉強している人は、貧乏ゆすりをしていることに気づき、自分もそうすることで受験勉強を乗り切り、無事医学部に合格したとあった。壮絶な受験勉強の様子が、わずかながらも自分の境遇と重なり、刺激を受けた。この著者は、後年国会議員にもなる有名人だが、私が通う予備校のOBだとのちに知った。

下位からスタートした予備校生活だったが、愚直に続けた勉強はちゃんと成果につながっていった。予備校の職員も、毎日休まず授業に出ている私のことを気にかけ、激励の言葉を送ってくれるようになった。翌春、幸いなことに龍谷大学経営学部に合格することができ、安堵した。伝統ある大学に合格できたことが、素直にうれしかった。

中学時代以降、何をするにも自信を持てなくなっていた。しかし予備校生活は、喪失していた自信を取り戻すきっかけにもなったようである。「やればできる」という、私が通った予備校のスローガンは決して嘘ではなかった。

一九八二年春、大学生活が始まった。受験勉強が終わりホッとしたこともあるのか、予備校とは一転してのんびりした生活を送るようになっていた。新しい友人もでき、キャンパスライフを謳歌しているうちに、時間はどんどん過ぎていった。勢いで、体育会系のクラブにも入ってしまう。だが、自分自身に腹立たしくなってきた。いったい何を考えているのか。予備校の時、あれだけ母の病気に向き合ってくれる良い医者を探そうと、固く誓ったはずではなかったのか。母の病気は、当然ながらいまだに悪いままである。この調子が続けば、私や妹の人生は暗闇だ。にもかかわらず、何もせぬまま、すでに一九八二年も年末に近づいている。私はクラブを退部して、真剣に母の病気を治すために、全力を尽くそうと決意した。

翌一九八三年一月の寒い土曜日だった。私は風邪をひき熱が出ていたが、何かに憑かれたように、大学に向かった。一般教養に「心理学」の授業があった。しかし私は受講していない。にもかかわらず、その授業を担当する先生に、母の病気について相談してみようと思いたったのだ。全くの思い付きである。

心理学の先生は、女性であった。授業が終わるや教室に入り、私はその先生に母の病気を打ち明け、どこかによいお医者さんはいませんか、と尋ねてみた。突拍子もない話に、先生は戸惑いながらも、「一週間、時間をくれませんか」といってくださった。翌週訪ねると、先生はこういうところがあるから、一度問い合わせてみてください、と連絡先を書いたメモを渡してくださった。

第三章　医師との邂逅

心理学の先生に教えられたのは、京都大学教育学部に開設されている、心理教育相談室というところだった。さっそく電話をしてみることにした。受付の人が、お母さんの詳しい状態を教えてほしいので、一度来ていただけないかという。時間の予約をして、まず最初は私一人で訪ねることにした。

京都大学の心理教育相談室は、元々発達に問題を抱えた青少年の治療的援助を行う目的で設置された。一九八〇年には、日本の国立大学で最初に、有料の相談室として認可されている。近年は同様の施設が各地にできているが、京大の相談室はその草分けである。

私は初めて訪ねた日、母の病状を詳しく書いたレジュメを持参した。応対してくださったのは、山中康裕先生（当時京都大学助教授、現名誉教授）だった。まだ四〇過ぎの、新進気鋭の研究者という風貌である。この世界では、すでに著名な方だということを知ったのは、しばらく経ってからのことであった。山中先生は、大変詳しく話を聞いてくださり、次回は母を同伴することになった。

翌週、母と一緒に同相談室に行く。母はいつもの通り、意味不明な言動に終始していた。その様子をじっくり見極めて、母が非常に悪い状態だということを、先生は理解されたようである。本当なら、入院が必要な状態だとおっしゃった。しかし、これまでの流れから考えて、それでは良くならないだろうということである。その理由は、次のような経緯を考慮してのことであった。

母が最後に入院したのは、一九七八年末である。父は肺がんの手術を前に、錯乱する母を家に残して、入院することはできないと強く主張した。母は二度の入院を経て、病院に拒否反応を示すようになっていた。絶対に病院には行かないし、薬も飲まないと、頑なに言い張るのであった。よほど入院生活で、嫌な思いをしたのかもしれない。父は周囲に後のことを託して、後ろ髪引かれる思いで入院した。

その数日後、一計を案じた親戚たちは、父の見舞いに行こうと母を誘って車に乗せ、精神科病院に連れていき、そのまま入院させてしまったのである。母にとっては、全くわけのわからないまま、三度目の入院生活が始まったのであった。結局、退院するのは、二年後の一九八〇年末である。私は高校三年生、妹は中学三年生になっていた。父は一九七九年九月に他界していた。

そうしたことから、母は病院や親戚に対する、根深い不信感を抱いていた。山中先生は、なにより母との信頼関係を構築することが重要だと、認識しておられたわけである。精神科医でもある先生は、大学からの承認を得て、毎週土曜日に京都市内の病院で診察をしているということであった。そこなら、投薬治療もできるから、ぜひ来ませんかと誘ってくださった。場所は阪急四条大宮駅から、歩いて五分ほどのところにあった。堀川通東側の醒ヶ井通にある、京都四条診療所というクリニックである。さっそく次の土曜日から、四条診療所に通うことになった。とにかく毎週きちんと通うことが重要である。そうすることしか、母の病気がよくなる道筋はない。それくらい私は必死であった。

母はずっと不安定な状態で、話す内容も支離滅裂である。そんな調子だから、病院への行き帰りに、電車に乗るのがつらかった。車内で一人意味不明な話を大声でする母を、周囲は怪訝そうに見る。冷たい視線が、私たちに突き刺さるようである。それでも、毎週大阪市内から、京都まで通い続けた。四条診療所には、山中先生を頼って来院する人がたくさんいた。皆それぞれに、つらい思いを抱えている人たちである。当時はまだ、いまのように心療内科は一般的でなかったから、待合室にいる皆さんは、ここにたどり着くまでに、多くの時間を費やしたに違いない。苦しい思いをして生きているのは、私の母だけではない。そんな風に考えていると、私は待合室にいる人たちに、すこしずつ仲間意識を感じるようになっていった。

四条診療所に通い始めたものの、母の病状がすぐに良くなるわけではない。まずは先生との信頼関係を作ることが大切だった。それにあれほど拒否反応を示していた薬を飲む習慣をつけるのにも、四苦八苦した。母は「副作用が怖い」と、もっともらしいことをいう。しかし薬無しで、母のひどい病状が改善することは不可能である。

医師に対する信頼感がなければ、母は薬を飲まないだろうという気がした。何が入っているかわからぬ、母にとっては得体のしれぬ薬を飲むのだから、警戒心を持つことは、考えてみれば当然のことである。結局、山中先生は良いお医者さんだと、心から信じるようにならなければ何事も始まらない。信頼感なくして、病気が改善していくことは難しいということである。そうするうちに、母はあれほど嫌がっていた薬を、飲むようになっていった。大きな前進である。

長く通っている間には、時々病院へ行くのを嫌がることもある。理由はわからないが、気乗りのしないことは誰にでもある。ましてや、行き先が病院である。楽しい人など誰もいないだろう。そういう場合は、私が一人で行って、山中先生に母の様子を伝えて、薬をもらって帰る。母がいると話せないことを、伝えることもできて、それはそれで有意義な時間となった。

通い始めて数年が経った頃のことである。母はその日も四条診療所に行くことを渋り、私一人で向かうことになった。診察室に入り、先生と話しているうちに、私の近況が話題になった。

実は、私には小学六年生の頃から、ずっと気にしていることがあった。あるときクラスの友達に、指摘されたのだが、運動した後にどうも顔の左側が赤くなっていないことに気がついたのである。持久走をしたときなどは、左右の温度差が鮮明でよく目立つ。冬場にはそれが際立ち、右側は真っ赤なのに、左は外の寒気で冷え切って青白くなっている。鏡に映すと、左右が余りに違いすぎるので、誰が見てもいったい何事かとびっくりしてしまうのである。

私は、それが嫌で、体育の後は水道で紅潮した顔の右側を冷やすようにしていた。しかし、すぐに効果があるはずもなく、左右のコントラストが鮮明なまま、教室で隠れるようにおとなしく座っていた。

しかし口さがない友達は、左右の火照り具合がまるで違う私の顔を、当時流行っていた変身ヒーローの人造人間キカイダーみたいだと、目ざとく見つけて囃し立てた。キカイダーとは、体の半分が生身の人間で、あとの半分がロボットの人造人間だったが、私の顔をみた悪ガキが左右の違いを、そういっていつもバカにするようになったのだ。私は体育の時間が、だんだん嫌になってきた。

中学高校、そして大学生になっても、スポーツの後に、顔の左側が赤くならないのは、全く変わらなかった。友達にいつも指摘されるうちに、自分の顔の様子を注意深く観察するようになっていた。すると、不思議なことに、恥ずかしいときには、顔全体がちゃんと赤面している。ということは、別に血行に障害があるわけではなく、正常ではないのか。運動後、顔全体が紅潮せず、左側だけが冷たいままであることを除けば、別に痛みがあるわけでもないし、障害らしきものは全く見当たらない。

しかしあるとき、衝撃的な事実に気が付いた。運動をした後、冷たくなっている顔の左半分をなにげなく触っていると、汗だくの右側とは違いさらっとしている。汗をかいているのは、頭部を含めて顔の右半分だけで、左側は全く出ていないではないか。さすがに、この事実に気づいたときは、血の気が引くような感覚に襲われた。いったい何の病気なのだろう。以後、常にそのことが気になり、心配でしょうがなくなってきた。とはいえ、顔の左側が紅潮しないことと汗を除けば、体調は問題ない。全く調子が悪くないから、余計に不気味に感じた。

そこで思い切って、自宅の近くにある大学病院を受診して、調べてもらおうと考えた。案内カウンターで顔のことを説明すると、それは神経に関係があるかもしれないから、と耳鼻咽喉科を受診することになった。診察室で担当の医師に、状況を説明する。いろいろな検査をしたあと、再びその医師のところに行くが、神妙な顔をして考え込んでいる。検査をしても、特に悪いところはないらしく、原因がさっぱりわからないようであった。私のような症状は非常に珍しいので、文献などを調べて何かわかったら、病院から連絡するといわれた。別段、緊急性があるわけでもないし、顔の紅潮と汗を除けば、体調に全く異変はない。日常生活に何ら支障はないのだから、病院から連絡が来るまで、おとなしく待つことにしようと思った。しかし、結局いくら待っても、その医師からの連絡はなかった。

そんな話を山中先生に、長々と説明した。すると、「へぇー」と非常に驚きながら聞いてくださっている。先生が言うには、心の問題に関わると思われる肉体的な異変は、身体の左側に出ることが多いのだという。例えば、身体の左側に原因不明の痺れが出るというようなケースである。私についても、心に由来する問題である可能性が高いのではないかと指摘され、非常に驚いた。

脳は、大脳の左半球と右半球で守備範囲が違う。左側は言語や分析的な情報処理を担当する一方、右側は空間的、音楽的な認知を担うと考えられている。だが身体的には、左側の脳は右半身、右側は左半身と関わっている。例えば、左側で脳内出血が発生すると、言語障害とともに右半身にマヒが出たりする。右側の場合は、逆に左半身に障碍が出る。

山中先生は、顔の左半分が赤くならず、汗もかかないことは、重要な意味があるのではないかとおっしゃった。私は小学生の頃から、母の病気を背負い込み、何とかしなければいけないと思い続けてきた。表向きは平静を装い、周囲から家庭の問題を悟られぬようにふるまい続けている。しかし、自分の内面が抱える負担は過大である。そうした困難をコップの水に例えれば、すでに容量を超えて、大量にあふれ出している状態ではないのか。でも対外的には、何事もないようにふるまい続ける自分がいる。しかし心は悲鳴を上げている。おそらく、顔の左半分が赤くならず、汗もかかないのは、そうやって自分を守ろうとする心の働きなのではないだろうかと、先生は指摘された。

思えば幼い頃から、母の病気を抱えて、過剰に無理を続けてきたのかもしれない。しかしすでに精神的には限界に達している。もうこれ以上頑張るなというサインを、こころは顔の左側を紅潮せず、汗もかかない状態にして、私自身に伝えようとしているのかもしれない。

そんな話を伺っているうちに、胸が熱くなってきた。左側が紅潮しないのは、けっして病気ではない。私のこころが、一所懸命に自分自身を守ろうとしてくれていたのかもしれない。そんなふうに考えているうちに、私は顔の左側を愛おしく感じるようになっていた。

そうした心に由来する身体的な異変に対して、投薬治療をしても、ほとんどの場合効果をあらわすことはないという。私はもう大学病院に行く必要性を感じなくなっていた。私を守ってくれている左側と、これからも末永く付き合っていくことにしよう。いつしか私の気持ちは、晴れ晴れとしていた。

それから三十数年が経ったが、いまもって顔の左側は紅潮せず、汗もかかない。

第四章 シマ豆腐をめぐる長い旅

私の大学生活には、母に付き添う四条診療所通いが、常に大きなウェートを占めていた。大学を卒業する一九八六年春の時点で、すでに三年間続いていたことになる。母の病状は、不安定さはあるものの、通い始めたころに比べて、ずいぶん落ち着きを見せるようになっていた。当初、入院が必要なほど、深刻な病状だといわれていたが、その頃と比べると、意味不明な言動はずいぶん少なくなっている。祖母に対する暴力もなくなり、家の中がかなり静かになったように感じる。そうはいっても、まだ道半ばであることに変わりはなかった。

一方、大学における、私の勉強は中途半端であった。経営学部のゼミ教師が、毎週漫談に明け暮れ、ほとんど何の授業もなかったことも大問題であった。せっかく苦労して入った大学で、学生生活がこのまま終わってしまってよいのか。私は次第に焦りを感じるようになり始めた。

当時の私は、環境問題などに興味をもつ、ちょっとだけ「意識高い系」の学生でもあったのだ。もっと深く勉強したいが、学生生活は終わりが近づいている、卒業後の進路も考えなければならない。

そんな時、経済学部に著名な先生がやってきたという話を耳にした。地域経済論を担当する、中村尚司教授である。アジア経済研究所で、スリランカをはじめ長く南アジアの調査研究を続けてきた方で、農業にも造詣が深いということである。私は、先生の研究室を訪ねてみようと思った。

中村先生は、初めてお会いするのに、いろんな話を聞かせてくださり、恐縮した。それに、どんな話をしても、才気走っている。並みの研究者とは、レベルが違うということが、ありありとわかり、衝撃を受けた。その後、先生の計らいで、大学院の授業にオブザーバーとして出席させていただくことになった。毎回、刺激的であったが、自分の未熟さを実感する機会にもなった。

そうするうちに私は、大学院に進んで、中村先生の指導を直接受けたいと思うようになっていた。しかし劣等生にはハードルが高く、大学院を受けたものの、あえなく不合格となった。しかし大学院進学という志だけは、以後も忘れずに持ち続けた。

大学を卒業した一九八六年は、円高不況で景気が悪かった。家業の金物屋も、取引先の倒産で巨額の負債を抱え、青息吐息の状態である。私は素人ながら、父が残した商売を引き継ぐ決心をした。

そうしたさなか、父の死後、長年にわたり複数の親戚が、私たち家族の金品を、横領していたことが判明した。腹立たしいのはもちろんだが、情けないという気分が強かった。まだ私や妹が、高校や中学に通う未成年であったのを良いことに、混乱に乗じて資産を私物化していたのである。子どもが、両親の病気で四苦八苦しているにもかかわらず、それを好機ととらえて盗賊のような行動に走るのだから、救いようがないではないか。そんな問題の解決に、長い時間を費やすことになる。

私の社会人としての第一歩は、この通り借金生活から始まった。商売も素人である。何もわからぬまま、周りに教えてもらいながら、どうにか日々の業務を遂行していた。

だがここからバブル景気が始まる。空前の好景気で、日本中が狂騒に踊った。日本経済は急激に過熱していき、商品も右から左に売れるようになった。私のような素人商売でも、なんとかやっていくことができ、当初抱えていた借金も数年で完済することができた。その点に関しては、幸運であったとしか言いようがない。しかしバブル経済は、人々から正常な判断力を奪い取っていた。

そして遂にバブル崩壊である。景気は急降下していき、大きな会社もバタバタと倒産していく。私の取引先も経営破綻し、またしても不渡り手形を摑まされてしまう。このまま続けていたら、今度こそ連鎖倒産してしまう。私は限界を悟った。一九九三年夏、父が始めた金物屋を廃業して、私は新たな道を歩むことを決断した。

次の仕事は何がよいか、いろいろ考えるうちに、食料品店を開業しようと思った。もともと、農薬や食品添加物の問題に関心を持っていたが、どうせやるなら有機野菜や無添加食品を主体とした店がよい。さっそく生産者回りを始めた。

一九九五年秋、ようやく自然食品店を大阪市内に開店した。店を始めるにあたり、大学卒業後、図書館勤めをしていた妹を誘い、手伝ってもらうことにした。

九七年春、私は六歳下の厚子と結婚する。公私ともに順調といいたいところだが、理想に走りすぎた食料品店の経営は厳しかった。そんな時、再び大学院の受験を考えるようになった。大学時代に中途半端に終わった勉強を、真剣にやり直すとしたら、まだ年齢的にも若い今しかチャンスはないと思ったのだ。これを機に、店を畳もうと考えるようになった。

そして一九九九年春、ようやく龍谷大学大学院経済学研究科に合格し、民際学研究コースで学ぶことになった。民際学研究コースは、フィールドワークを主体にした地域研究をするのが特色で、「歩くアジア学」の先駆者故鶴見良行先生が教鞭を取ったことでも知られている。そういうこともあり、多くの院生はアジア各地で調査を行ない、興味深い論文を作成していた。

今から考えると、社会経験を積んでから、研究を始めることになってよかったと思う。それに翌二〇〇〇年には、中村先生の畏友である田中宏先生が、一橋大学を定年後、龍谷大学経済学部に移ってこられた。田中先生は、在日外国人などマイノリティの処遇改善に、長年奔走してこられた著名な研究者である。大学院では、中村尚司・田中宏合同ゼミが、毎週開かれることになった。私は非常に贅沢なゼミに、毎週欠かさず出席した。

ここで、私の大学院における研究テーマであった、沖縄の「シマ豆腐」について、少し触れたいと思う。とはいえ、別に豆腐の説明をするわけではなく、なぜそのようなテーマを研究対象に選んだかという動機である。一見、ここでの本題とは無縁に見えるが、いまになって思い返すと、「こころ」の問題と決して無関係ではなかったというふうに、感じるようになってきた。

大学院に入った当初は、何を研究しようか悩んだ。そんな時、以前からよく通っていた沖縄で聞いた話を思い出した。沖縄における豆腐の製法は、日本本土とは違い、中国や東南アジア地域と近似性があるというのだ。どういう理由があるのか、調べたくなった。

以来ずっと、私はシマ豆腐のことばかり考えてきた。どうして、そんなに一所懸命になっているのか、周囲の人たちにとっては、理解し難いことだったようである。だからといって、本人にその理由がわかっていたわけではない。折に触れて、私は自分自身に問いかけるようなところがあった。

——どうしてあなたはシマ豆腐に興味を持ったのか。

自問自答を繰り返すうちに、その理由が次第に確信を持って、自分の眼前に立ち現れるようになってきた。おそらくそれは、もうずいぶん前に亡くなった父の存在があるからだということに、次第に気づくようになっていったのである。

私の父は、一九二六（大正一五）年に和歌山県の片田舎で生まれた。生家は特に目立つところのない、ごくごく平凡な農家であった。そんな環境のなかで、進学する者が非常に少なかった時代に、旧制中学校にまで進めたというのは恵まれていたのだろうが、それだけで抜きんでた経歴だともいいにくい。

卒業後、親類が経営する大阪の建築金物製造会社に勤めはじめたが、最初のうちは仕事に馴染めず苦労をした。しかし、真面目に取り組むうちに、やがて独学で図面を引くことも覚えて、多くの特許や実用新案を取得するなど、様々な新製品を考案するようになった。自分はこの世界で何が何でも生きていくのだ、という固い決意が仕事に没頭させる原動力になったのだと思う。

そして母と結婚し、私と妹が生まれる。それから間もなくして、父は独立し建築金物の製造業を始めた。父と母がどんな経緯で結ばれたのかはよく知らない。ただ、母との「家柄」が違うことだけは、幼い私もうすうす気づいていた。それが父にとりどれだけよかったのかどうかは、今となっては結果論でしかない。

母は奈良県の大きな材木商の娘であった。母の両親、つまり私の外祖父母は、きわめて名門意識の強い人物であった。いわば自分の子どもたちには、自分たちと釣り合うような立派な家柄や学歴を有する相手と結婚させたいと、強く願っているようなところがあった。

母は四人兄妹の三番目であったが、じっさい二人の兄や下の妹は、みな祖父母の希望通りの相手と結婚していた。ところが、私の父だけは、そのなかで一人毛色の違う、異質な存在として白眼視されていたのである。

祖母が口癖のようにして、幼い私に繰り返す台詞があった。

「人間は学歴が大事やで。学歴だけは一生つきまとうんや。しっかり勉強せえへんかったら、お父ちゃんみたいに恥ずかしい思いをせなあかんようになるんやで」

祖母はそれだけ父を馬鹿にしながらも、大阪市内にある私の家に頻繁にやってきた。月曜から金曜までは一緒に暮らして、週末になると難波の長男宅に戻っていく。時々は芦屋市に住む、末娘の家に遊びに行くという生活をしていた。

私が小学生のとき、祖母に尋ねたことがあった。

「なんでウチばかりによく来るの。もっと他所にもいったほうが、ええんと違うん」

すると祖母はこう答えた。

「他所の家は気ぃ遣うんや」

平たく言えば、私の父は学問がないから、話す言葉にも気を遣わずにすみ、リラックスして暮らせるということが、入り浸る理由のようであった。

祖父母が父のことを、「恥ずかしい」と話していることを仄聞していただけに、幼心にもなんと身勝手なことをいうのかと感じた。

父がもっとも比較された相手が、母の妹の連れ合い（私の叔父）である。この人は医者であった。祖母はいつも、この叔父がどれだけ偉い人であるのかを、私に滔々と吹き込み、「それと比べて、あんたのお父ちゃんは……」というのが、口癖となっていた。

こういう暮らしを続けていると、神経がおかしくなってくる。母はいよいよ心身の変調を訴えるようになり、生活の歯車が確実に狂いはじめる。

この事態が、もうどうしようもないところまで来ていることを悟ったのが、私の中学受験のときであった。祖母に背中を押されるように、有名私立中学校を受験することになったのだが、凡才の私に手が届くはずもなかった。母とともに、合格発表を見に行くが、当然のことながら私の番号はない。私は何の感慨も無かった。

ところがそのとき、母が突然掲示板の前で錯乱しはじめたのである。それを境に、私たち家族の生活は、完全に崩壊したといってよいかもしれない。

もうそれからは、坂道を転がり落ちるような日々だった。母の病状は、悪化の一途をたどり、毎日毎日がまるで生き地獄のような生活となった。私はいつしかクラスの落ちこぼれと成り果て、将来に対する夢や希望を完全に見失ってしまっていた。

父の人生も次第に暗転し始める。私が高校一年の初秋のことである。健康にだけは人一倍気を配っていた父が、あるとき身体の不調を訴えるようになった。精密検査の結果、父は進行した肺がんに侵されていることが判明したのである。好不況の激しい商売のかたわら、昼夜を分かたぬ耐え難い心労の日々が、父の肉体を確実に蝕んでいたに違いない。

一九七八年十一月末、父は入院する前日に、晩ごはんを食べに行こうと言いだした。うどんすきだった。父との最後の食事になるかもしれないという不安もあり、私はまるで食が進まなかった。父は私に具をよそいながら、冗談めかしてこうつぶやいた。

——豆腐は身体にええから、毎日食べてたんやけど、お父ちゃんガンになってしもうたわ。

父の好物は豆腐だったのである。その言葉を聞くと、私は何も話せなくなってしまった。

大手術の後、養生の甲斐あって、父の病状は少しずつではあるが回復の兆しを見せはじめた。春先のわずかな小康は、私たち兄妹に淡い期待を抱かせるに十分なものであった。ところがそれも束の間、夏が近づくにつれ父の体力は見る間に落ちはじめる。誰の目にも衰弱は明らかであった。

一九七九年九月に入ると衰えは著しく、素人目にも父の最期が近づいていることがわかった。そのとき、医者の叔父がテレビに出るとの連絡が入った。九月はガン征圧月間であり、それにちなんだ番組に呼ばれているのだという。

今にも命の灯が尽きてしまいそうな父だったが、その番組をことのほか楽しみにしていた。番組が始まってみると、別段叔父が発言するわけではなく、多数のガン医がヒナ壇に座り、司会者の質問に対してただスイッチを押すだけという、他愛の無い企画であった。

だが父は、番組が始まると、画面をとにかく食い入るように見ていた。叔父がテレビに出ていることが、素朴にうれしそうであった。

私は、テレビの画面を見つめる痩せ細った父と、画面に映し出される叔父の姿を対比しながら、あまりに違いすぎる彼我の現実に打ちのめされるような思いを感じていた。

その二日後、父はこの世を去った。享年五四であった。父にとって、高校生や中学生の子どもと重病人の妻を残して逝くことは、身を引き裂かれるほど辛く、耐え難い仕打ちであったことだろう。おそらく死んでも死に切れぬ気持ちだったに違いない。だが運命は非情にも、父に一切の猶予を与えようとはしなかった。

父は確かに死んだ。しかし、父の思いは確実に私の内面に生き続けている。おそらく父の胸中には、周囲に対する無数の異論が渦巻いていたことだろうと思う。しかし、何一つ恨みがましい台詞を吐くわけではなく、とにかく自分の仕事で答えようと骨身を惜しまず働き、寿命を縮めた。

だが、母の身内で誰も、ただ節義に生きることだけを願う父の思いに、耳を貸すものなどいなかった。その無念はいかばかりであっただろうか。おそらく、私の心奥には、父の魂の叫びがずっと息づいている。そして、父の気持ちをいつか代弁したいという思いが、途切れることなく流れ続けてきたに違いない。そんな情念に共振するようにして、私はシマ豆腐に惹かれはじめる。

シマ豆腐は、誰もが口にすることのできる、世俗の階級とは無縁の食べものである。そんなシマ豆腐との邂逅をつくりだしてくれたのは、やはり庶民そのものであった父の存在なくしてはありえなかったことだと思う。

なにかに導かれるように、この二十数年間シマ豆腐の研究に熱中してきた。時間の経過とともに、そのなかにある深い意味が明瞭になってくることで、ただ暗くせつなかった青春時代にこそ、今に繋がる道筋が胚胎していたことに気づかされた。あの日、まだ未成年だった私も、いつしか父の没年をとうに越えてしまっている。シマ豆腐をめぐる私の長い旅は、自らの心の軌跡を辿る営為とも重なっていたのかもしれない。

第五章　母の親離れ

一九八三年から、京都四条診療所に通い始めて、母の調子はずいぶん落ち着きを見せるようになった。七年目を迎えた一九九〇年以降は、自分一人で診療所に通うことも、時々できるようになってきた。当初のひどい状態から考えると、想像しがたいことである。最初は、病状の改善は困難ではないかというほど、混乱の極みであったのが、いまでは会話も落ち着いてできるようになっている。隔世の感とは、このことである。

山中先生も感慨深げに、「ほんとによくなったね」と、驚いておられる。思えば、先生の見立て通り、周囲との信頼関係を構築できたことが、回復への出発点だったような気がする。それに先生は、あれだけ混乱しているように見えて、結局母は自分自身の軸を失わなかったことが、大きかったと言われる。

通院には、ほとんど私が付き添っていたが、ごく稀に祖母が母と二人で行くこともあった。しかし祖母は、四条診療所に対してあまり好い感情を持っていなかったように思う。祖母にとって、母の病気は、あくまで私の父に原因があるという思い込みがあった。前章でも触れたとおり、祖母らにとって、父はあくまで蔑みの対象で、そういう人物と結婚したばかりに、母は心を病んでしまったと、固く信じて疑わなかったのである。

しかし家族の様子をずっと見てきた私には、母が病気になった原因は、手に取るようにわかっている。祖母の理屈は、責任転嫁にすぎないのである。そんな祖母の意見に、山中先生は賛同してくれるはずもなく、下手をすると自分に火の粉が降りかかるかもしれぬ。そんな怪しい雲行きにさえなる場所が、祖母に取り面白いはずもなかった。

病人を抱えた家族によく見られることかもしれないが、祖母は得体のしれぬ霊能者や新興宗教などに頻繁に騙されている。彼らが語る「前世の因縁」や「悪霊による障り」を信じ込み、何度大金をどぶに捨てたことか。冷静に考えるとおかしいのだが、混乱の渦中にあると、判断力が欠如してしまう。

それ以上に、祖母がこうした霊感やお祓いに魅力を感じた一因は、本来家族の一員として、検証しなければならない自らの責任を棚上げするだけではなく、そのすべてを免責できる利点があったからだろうと思う。ある自称霊能者は、母の病気は、一五〇〇年前の地縛霊が取り付いているせいだと、ぬけぬけと言い放っていた。そんな詐欺師の妄言であっても、祖母は有難がっていたのだから漫画である。

　率直に言って、母の発病に極めて大きな役割を担ったのが、他ならぬ祖父母やその一族であったと、私は考えている。そうした責任を感じるどころか、一心に「拝み屋」の御託宣にすがり、現実とかけ離れたところで悪者探しをする図は、茶番としか言いようがない。

　母は病気がよくなっていくに従い、一緒に暮らす祖母と対立することが増えていった。以前のように、病気で荒れ狂うのではなく、冷静にぶつかるのである。例えば、病人歴の長い母に代わって、長く祖母が家計を預かっていたせいで、金銭での揉め事が頻繁に起こった。母に取ると、自分の家なのになぜ祖母が財布を握っているのかということである。もっともな話である。そういうことが続いた末に、やがて祖母は私たちの家を出て、長男宅に身を寄せることになった。

　だが、それは母に取り、新たな一歩を踏み出す機会になった。子どもの頃から、祖母の支配下で、良い子を演じ続けてきた母が、親の操り人形を脱して、ようやく自分自身で歩み始めたわけである。五〇代半ばを過ぎてからの、ゆっくりとした親離れではあるが、極めて重要な一歩になったと思っている。

　そうするうちに、高校の同窓会に出席するなど、外部との交流も増えていくことになっていった。かつての混乱ぶりからは、想像もできない展開であった。そうした友達との付き合いが、増えていくことは喜ばしいことである。

　私は自宅近くでも、仲の良い友人ができぬものかと思い、生協に入って共同購入に参加してみたらどうかと、勧めてみた。そして生協に加入し、近くのグループに入れてもらえることになった。

母は長く病気を患っていたせいで、気の許せる友達もいなかった。元々、あまり社交的ではないから、子どものママ友なんかも、とうの昔に付き合いがなくなっている。生協活動は友達作りのちょうどよい機会だと思っていたが、どうしたわけか頻繁にグループが解散する。いったいどういうことなのか。母は、購入グループを転々としていた。

どうも解散には、母をめぐる特別な事情があったようだ。病人の母を疎んじる人が、どこにいってもいたらしく、解散して追い出してから、再び別のグループを新たに作っていたようなのだ。精神疾患は、回復してもそうした偏見に晒され続けて、社会復帰に困難が生じる。

あるグループでは、ボス的な女性が母に一方的に指図をする。それだけではなく、家庭のことを根掘り葉掘り聞きだそうとしたという。普通なら、遠慮して聞けぬナーバスな話題であっても、母に対しては気兼ねなく尋ねることができるらしい。病人だと思って、バカにしているのだ。

また別の女性は、自分の息子が優等生で、地元で一番の高校に入ったことを鼻高々に、自慢していたという。それだけならまだよい。しかし自慢したいがために、どこそこの誰々は中卒だとか言って、他人を引き合いに出し、息子の優秀さをひけらかそうとする。ほかに考えることがないのだろうか。その挙句、私の母に「あんたの息子はどこの高校」と聞いてきたのだという。○○高校と答えると、「アホや!」と嘲笑したらしい。母にとっては、相当ショックが大きかったらしく、八〇を過ぎたいまでも、この話を腹立たしそうにすることがある。

一度、心の病を抱えると、社会に居場所を作ることさえ、苦労をする。実社会で自然に暮らせることが理想だが、いろんな局面で様々な困難にぶつかるのである。

祖母と離れてからは、母が金銭面や家事についても、その多くを自分でやるようになっていった。もちろん、元気な人に比べると時間はかかるが、身の回りのことを自分でできるようになったことは、大きな前進であった。

祖母も、ときどきはやってくるのだが、泊まりはしない。母のことが心配で、様子を見に来ているようであった。祖母も九〇年代初めには、すでに八〇歳を超えていたが、心配事が多いからか、ずっとしっかりしていた。しかし足が弱り、電車を乗り継いで来ることは、つらいようだった。

母が入院していたころ、家事の多くをすでに老境に入った祖母が担っていたが、そんな無理が祟って、足が悪くなっていることもあるに違いない。思えば老人に、大変な仕事を押し付けてきたものである。老いて小さくなった体を、引きずるように歩く姿を見ていると、胸が痛んだ。歳を取ってからの祖母は、母の病気に翻弄されるばかりで、何の楽しみもなかった。常に何かを考え込むような表情で、あまり笑うこともなくなっていた。さすがに不憫になった。

私としては、母の病気に関して祖母が果たした役割を考えると、複雑な感情はもちろんある。愛憎相半ばするという感じだろうか。しかしこれまで、一心に私や妹の世話をしてくれたことに対しては、感謝の言葉もない。年老いた祖母の姿を見ていると、様々な恩讐を乗り越えて、ただ健康に長生きすることを祈るばかりであった。

バブル後の大不況で、家業の金物屋を畳んだ私は、一九九五年から食料品店を始める。その年の春に、十二年間通った四条診療所がなくなることが決まった（現在は、人間ドックになっている）。重病人の母が、何不自由なく日常生活を送れるようになったのは、他ならぬ山中先生のおかげである。それなのに、治療を受けられなくなってしまうことになると、この先いったいどうなってしまうのか。さすがにショックが大きかった。とはいえ、山中先生も京大の仕事が忙しく、別の場所で診療を続けることが、できるわけではないようであった。

たくさんいる患者は、先生の信頼できる京都市内のクリニックを紹介してもらい転院することになった。大阪市在住の私たちは、自宅近くを希望した。結局あまり近くとは言えないが、大阪府茨木市のクリニックに転院し、十年以上通うことになる。最初は、私が車で連れていくことが多かったが、そのうち母は電車を乗り継いで一人で行くようになった。私の負担もずいぶん軽減した。

二〇〇五年、母も七〇歳になった。その夏、長く飼った老犬が死んでしまった。母は、死んだ犬の横で、涙を流して悲しんでいた。母はよく、犬の世話は大変だとぼやいていたが、結局は自分の方が癒されていたのかもしれない。

歳をとっても、母は元気に見えたが、足はだんだんと衰えていった。次第に歩くのに苦労するようになり、痛いとしきりに訴える。そうするうちに、茨木市のクリニックまで、約一時間かけて通院することが苦痛に感じるようになってきた。

二〇一一年になって、足を引きずるように歩く母を見かねて、クリニックの先生が大阪市内の心療内科を紹介してくれることになった。そして天王寺区のクリニックに転院した。ここなら、家から地下鉄で二駅である。時間にすれば、二〇分もかからない。車で送ればもっと早い。母は歩行器を押しながら、通うようになった。

翌二〇一二年初頭、母は突然不正出血に襲われた。本人もうろたえている。以前から、骨盤臓器脱でリングを装着していたが、それが原因かと最初は思った。しかし大出血である。これはおかしいと、近所の女性診療科を受診すると、医師の顔色が変わった。子宮に腫瘍があるという。おそらく悪性だろうということで、大学病院で詳しく検査をしてもらうことになった。

検査の結果、子宮体ガンであることが判明した。幸いなことに、ステージ1Bと初期であった。検査結果は私一人で聞いたが、今後の治療スケジュールを決めるにあたって、本人への告知が必須なのだという。抗ガン剤や放射線治療は、本人の同意がなければできないということである。かつて日本では、本人にガンの告知をしないことが、鉄則のようになっていたのに、変われば変わるものである。

母が通う心療内科の先生に、どうしたものかと相談してみた。先生の意見は明快であった。母は長年心の病を抱えて苦労してきたのに、その上ガンの告知をすることは酷である。母にこれ以上、過酷ともいえる重荷を背負わせる必要はない、とおっしゃった。思えば、確かにそうかもしれない。先生は、詳しい事情を説明した母の診断書を書いてくださり、それを大学病院に提出した。結局、告知せずに手術だけを行うことになったが、心の病を患う母は、不測の事態に備えて、個室に入院してほしいといわれた。相部屋の場合、錯乱して他の患者に迷惑をかけるかもしれないという、危惧があったのだろうか。そのうえ、手術当日は家族が部屋に泊まって、様子を見ていてほしいということである。そんなに心を病む患者は、要注意人物なのだろうか。精神科を受診している患者は、他科の医者からも危険視されるようである。

手術後の経過は良好であった。抗ガン剤治療もしていないので、副作用の心配もない。悠々と入院生活を送り、退院を迎えることになった。母は、「帽子をかぶっている入院患者が多いな」と、不思議そうである。皆おしゃれに気を遣っているわけではなく、抗ガン剤の影響で髪の毛が抜けているのだ。そう思っても、詳しく説明できない。母は病気や治療の心配をするわけではなく、いたって気楽な入院生活を送った。母の場合、退院後は定期的に診察と検査があるだけで、特に何の治療も行われないわけである。それでも問題はないかもしれないとは思ったものの、いわゆる標準治療から外れると、すこし不安になってくる。

ここで思いついたのが、丸山ワクチンである。一九七九年九月、私がまだ高校生だった頃に、肺ガンの父が余命僅かだと医師から宣告され、急いで東京の日本医科大学に同ワクチンをもらいに行ったことがあった。しかし時すでに遅し。たった一度、同ワクチンを打っただけで、父は他界してしまった。もっと早くから使っていればよかったと、後悔しても後の祭りであった。

そんな思いがあるから、母には早い段階で使ってみたいと考えた。そういう気持ちをさらに後押ししたのが、尊敬する精神科医の中井久夫先生（神戸大学名誉教授）が書かれた「SSM、通称丸山ワクチンについての私見」（「みすず」二〇〇八年三月号）という論考である（中井久夫『臨床瑣談』みすず書房、二〇〇八年、所収）。ガン医がほとんど無視してきた丸山ワクチンを、自分の体験を交えて、目配りのきいた文章で公平かつ冷静に評価している。ガンの治療からすこし距離のある精神科医だからこそ書けた、傑作ともいえる文章である。

一日置きの注射は、ありがたいことに母が通うクリニックの先生が引き受けてくださった。本人には、ガンの告知をしていないから、元気が出る注射だと言っただけだが、週に三度の注射を、母は真面目に続けた。その効果があったのか、転移もなく術後九年が経過し、今もなお元気に暮らしている。

第六章　有機野菜とラベリング

偉そうな人間は、どこに行ってもいるものである。大学院に通っていた頃に感じたのは、大学周辺には特にそういう人達が多いということである。研究者はよほど偉いとでも思っているのか、男女を問わずふんぞり返っている人物をよく見かけたものである。

一定の傾向があった。彼らは、庶民に対する強い蔑視観を持っていたことである。自分たちの進んだ理論によって、無知で遅れた大衆を正しく導いてあげようという、思い上がりとでもいうような、傲慢な態度がありありとわかった。自分たちは教える側の人間で、無知蒙昧な大衆からは、学ぶことなどひと欠片もないと、確信を持っているようにも見えた。

度し難いと思ったのが、彼らの「優れた」理論というのは、大体が欧米で流行している理論の受け売りであったことだ。いまだに欧米をお手本とし、その主張や行動、身振り手振りに至るまで直輸入して、日本の一般大衆に御高説を垂れようとする姿は、明治期の知識人の精神構造と大差ない。同時に彼らは、遅れたアジアから学ぶことは何もない、と強い信念のようなものを持っていた。欧米崇拝は、アジアに対する蔑視観と表裏である。

しかし、しょせんが理論の輸入業者である。全くといってよいほど、彼らにはオリジナリティがない。自分の頭で考えたものではない、借り物の理論は、いくら饒舌に語ろうが、オウムの発話にしか聞こえなかった。こうしたエリート意識むき出しの態度は、日々真面目に暮らす市井の人々から反発はうけても、けっして共感を得ることはないだろう。戦後日本の左翼が結果的に、大衆からの広範な支持を得られなかった事象などとも、共通する体質があるように感じられる。

私は母親のことがあって、自分は常に被差別の側にあると観念していた。私自身、正真正銘の落ちこぼれであったことも、そうした思いを強く増幅させる作用を有していた。しかしそんな立場からでも、発信できることが必ずあるはずだとの思いも、一方で強く持っていたのである。だが、大学で優秀な人たちと会話していると、そうした回路が一方的に遮断されるような無力さを感じざるを得なかった。「おまえはバカだから、私たちのいうことに、ただ黙って従っていればよいのだ」とでも宣告されているような、名状しがたい不快な気分である。だから、彼ら彼女らが、どれだけ立派なことを主張しようとも、けっして賛同してたまるか、という気分が濃厚にあったのだ。

こんな話を長々と書いたのは、以前商売をしていた時代の、忘れがたい思い出話に触れておこうと考えたからだ。母親が重病人で、自分自身が救いようのない劣等生だから、より敏感に察知することのできた不愉快な昔話である。

私は以前、食料品店を経営していた。有機農産物や無添加食品なんかを扱う、いわゆる自然食品店というやつである。なじみのお客もでき、それなりに満足していたが、けっして経営状態は楽ではなかった。

店の目玉は、とれたて野菜を会員に毎週宅配するサービスである。私の店は、有機農業に取り組む生産者とのつながりを売り物にしていた。たしかに志は高かったが、畑への引き取りから配達までを、すべて自分ひとりでこなすというのは一苦労であった。

有機野菜を作る生産者というのが、この業界にありがちななんともクセのある人物であった。初対面のときから、「キミ、キミ」と相手を見下すような態度がイヤ味で鼻についた。この人の思い上がりはすさまじく、まるで前人未到の境地に達した教祖のように振舞っていた。達観したようなことをいいながら、そのくせ世間からは大人物だと評価されたくてしかたのない俗物でもあった。「正しさ」だけの生活は、いつしか人を独善にいざなうようだ。

人に教えることは山のようにあっても、学ぶことはひと欠片もないと確信しているこの人物は、与太話の語り部でもあった。聞いているだけでアホらしくなる御託宣を延々と撒き散らすのだが、サルが話していると思って聞き流せば、それなりに楽しい。だが、毎週毎週そんな話につき合わされていると、貴重な時間の浪費としか思えなくなり、赤字続きの宅配サービスなんてそろそろやめようと考えていた。

ちょうどそんな矢先に、某新聞の女性記者が、その生産者の取材に来ることになり、行きがかり上、私の店も紙面で紹介するという話になった。新聞に載せてやるというのだから、別に断ることもなかろうと思い、承諾することにした。記者は、虚栄心に満ち満ちたその「教祖」を、真面目に有機農業に取り組む立派な人物だと評価しているようであった。そんな立派な人がつくる野菜を扱っているのだから、という目で私も見られていたのかもしれない。

ある夜、店に来た記者と話すと、割合近くに住んでいるという。高校の学区も私と同じだということだった。彼女は私よりいくらか年下だったから、共通の友人はいなかったが、地元だということでかなり親近感を持った。

だが、あることをきっかけにその場の空気が一変した。記者が、私に出身高校をたずねたことからである。

「○○高校の卒業」という返事を聞いたとたん、この記者の態度は豹変した。私を見る目が蔑みの眼差しに変わった瞬間であった。私は教育困難校の出身である。ただ、そのことで人に迷惑をかけたことはない。

同学区の優秀な高校を出て、一流の大学に進み記者になったこの女性には、落ちこぼれなんていうのは、社会の落伍者に過ぎないのかもしれない。そんなじゃまもののような人間が、エラそうに有機野菜を扱っていることが、ミスマッチを通り越して、滑稽にさえ思えたのだろうか。そのあと彼女は、ずっと嘲笑を浮かべながら、私のインタビューを続けた。

私のひがみ根性から、彼女の表情がそんな風に見えたのでは決してない。長年にわたり、高校名でバカにされてきたがゆえの敏感さが、表情の微妙な変化を読み取らせたに違いないのである。その記者は、人を見下すような態度を、結局最後まで変えることはなかった。

なんとも後味の悪い取材の数日後、私の店が紙面で紹介されていた。あれほどバカにした態度であったことをおくびにも出さず、ごくごく当たり障りのない内容の記事が掲載されていた。

記者なんてものは、本音とはかけ離れた建前だけの記事を、しゃあしゃあと書くことができることがよくわかった。しょせん俗物の「有機」農民に惹かれる記者である。人を見下す権力的な態度までが似通ったもの同士で、仲良く理想社会について語りあっておればよいのである。

人間の本質はレッテルで測れるものではない。底辺校にだって、磨けば光る学生が少なからずいることは、通った者が一番よく知っている。ただ、落ちこぼれを見る社会の目が温かくないことも、それ以上によくわかっている。

記者にとってもっとも重要な仕事は、レッテルに惑わされることなく、本質を見極めようとする真摯な態度だと思う。ただそれは決してたやすいことではない。

おそらくこの女性記者も、記者としての高邁な理想を持っているに違いない。しかし、特定の有名大学を主な人材供給源とする新聞社において、抽象的な理想をうわべだけなぞってみたところで、そこからは度し難いエリート意識しか芽生えてこないのかもしれない。

もちろん尊敬に値する記者はたくさんいる。そのいっぽうで、記者にもいろんな人間がいることがわかった。それに紙面内容も、建前だけで埋めることができることも知った。それだけでも、私にとって収穫ではあった。

第七章　父の思い

祖母は、母の病気に悩んで、妙な霊能者のところによくお祓いに行っていた。毎回、頓珍漢なお告げを聞いて帰り、私に報告してくれるのだが、ホラ話もここまでくれば大したものだと、感心したものだった。家計に余裕はないのに、大金をドブに捨てるような真似はするなと注意したが、全く意に介さぬ様子だった。

しかし人の弱みに付け込んで、金を掠め取る詐欺まがいの宗教家が、どうして捕まらないのか不思議でならなかった。そのうえ一応宗教法人として認可されている。いったい、どういう基準で認められているのか、全く謎としかいいようがなかった。

さらに奇妙に思ったのが、そうした人物がテレビ番組に出て、視聴者の相談に乗っていたりする。多くの人は、テレビに出るくらいだから、ちゃんとした「霊能者」だと思うに違いない。祖母もそんな一人だった。だが実態は酷いものであった。金を巻き上げることだけが、自己目的化している似非宗教で、祖母なんかは格好の金づると化していたのだ。テレビ局が、詐欺師にお墨付きを与えているようなものである。

振り返ってみると、母が最初に精神に変調をきたした時も、病院ではなくお祓いに連れて行ったことを思い出す。私が小学六年生の夏だった。祖母はどこで聞いてきたのか、大阪市内のごくありふれた雰囲気の寺に、私たちを先導していった。私や妹は、外で長時間待たされた。出てきたら、晴れやかな表情の祖母とは反対に、母は変わらず調子が悪そうであった。祖母は、「お母ちゃんに悪霊が憑いてたんや」という。でも、もう大丈夫だと、意気軒高であった。

翌朝、母は「一睡もできへんかった」と、血走った目で訴え、大暴れをし始めた。祖母に乱暴を働いている。私や妹はうろたえた。「昨日、悪霊を追い払ったんと違うんか」と思ったが、現実はまるで違う方向に動き出しているようだった。悪霊が怒って復讐をはじめたのだと、私はまるで映画「エクソシスト」を見ているような気分になっていた。

結局、遠回りに遠回りを重ねた挙句、ようやく精神科を受診するのは、この後一年近く経ってからのことである。いまでも後悔するのは、最初の早い段階で母が適切な治療を受けていたとすれば、以後の展開は大きく違っただろうということである。

それにしても、祖母はいろんな似非宗教に騙されている。困りごとのある人間には、独特な匂いでもあるのか、次々詐欺師が近づいてくるのである。

電車内で、隣に座った見知らぬ女性に、「あなたの家族や親戚に、心を病んでいる人がいませんか？」と、祖母は唐突に聞かれたこともあった。その人は、霊感があるといい、人の病気を治しているのだという。祖母があっけに取られているうちに、その女性は下車していったが、後から「もしかすると、大変な霊能者だったかもしれない」と、連絡先を聞き損ねたことを、後悔していた。

しかし心の病は、別に珍しいわけではない。例えば統合失調症は、人類の約一パーセントが発症するといわれるほどである。躁うつ病などを合わせて考えると、心を病む人はけっして特殊ではない。だから親戚や友人を見渡すと、その種の病人がどこかにいる可能性が高い。隣り合わせた自称霊能者が、車内であてずっぽうに声をかけても、すぐに該当者にぶつかる可能性が少なくないのだ。祖母は、初対面の女性に、家庭の秘密を言い当てられたと驚愕していたが、手品の種明かしと同じく、実態を知ると拍子抜けしてしまう。

こういう経験があるから、私は霊感や霊能者などというものに、アレルギーのようなものがある。全く信用していない。その手の話を祖母から何度聞かされても、ほとんど右から左に聞き流していた。いい加減にしてくれよ、という気分だったのだ。

だが一度だけ、それはそうかもしれないなと感じた話もある。祖母は、紹介されたある人物に、母や私たち家族のことを、懲りずに相談に行った。一通り説明を聞いて、その霊能者は「あなたのお孫さんには、亡くなった父親が片時も離れずに、ぴたりと寄り添ってはりますな」と話したのだという。

霊魂の存在を信じるか否かに関わらず、死んだ父が私たち兄妹をあの世から心配し続けているというストーリーは、すんなり腑に落ちる理屈であって、けっして不自然なことではない。私たちがこの世に生きているからこそ感じる、死者への追慕と交差するものである。もちろん幽霊が存在するかと問われたら、疑問符が付くというしかない。しかし物理的に存在しなくても、死んだ人に対する思いは必ずあり、故に死者との交感は自分が生きる限り、いつまでも続く。だから亡父が自分に寄り添う感覚は、霊能者に言われるまでもなく、普段の実感と合致する。

父が死んだのは、一九七九年のことである。まだ幼い私たち兄妹や重病を患う母を残した、無念の旅立ちであった。父は商売熱心であった。自分が興した建築金物屋を、非常に大切にしていた。大手術を終えて退院してからは、商売が心配で家には戻らず、ずっと事務所の二階で寝起きを続けていた。

しかし病状が悪化し、とてもじゃないが事務所でいることは困難になる。再度入院するという当日の朝に容態が急変し、救急搬送先の病院で息を引き取った。葬儀も、父が命がけで守ろうとした金物屋でとり行った。

私が父の商売を継いだのは、大学を卒業した一九八六年である。当時、円高不況で経営は苦しく、不渡り手形を摑まされて、多額の債務を背負っていた。素人同然の私には、荷の重すぎる状態からのスタートであった。

しかし、間もなくバブル景気に突入し、日本経済は急激に過熱していった。おかげで私のような、素人商売でも商品はよく売れ、幸いにして借金を返すことができた。だがいつまでも、異常ともいえる活況が続くはずがない。あえなくバブルは崩壊し、取引先はバタバタと倒れ始めた。再び不渡り手形を摑まされたことをきっかけに、私は父が始めた商売を畳む決断をした。

それから、古い木造二階建ての事務所は、店舗として貸したりしていた。だが老朽化が進み、借り手がつかなくなり、しかたなく自分で倉庫代わりに使っていた。

先にも書いた通り、私は一九九九年から、大学院に進み研究を続けていた。それから一〇年後の二〇〇九年三月、田中宏先生が龍谷大学の定年を迎えた。その時、問題となったのが、膨大な資料や蔵書の行き先である。ちょうど私の古い事務所が空いていたので、そこにすべてを移すことになった。書架を据え付け、大量の資料類を並べ整理していった。

中村尚司先生の発案で、同事務所を田中先生の関西における活動拠点にしようということになった。在日コリアンや海外からやってくる人びとを、私たちの真の仲間として、共に未来を築くにはどのような政策が必要なのか。よりよい日本社会のために、外国人政策を提言しようと、「外国人政策懇話会」という組織をつくり、以後毎月勉強会を開くことになった。

発足の準備作業に、田中先生や中村先生がひんぱんに古い事務所に足を運んでくださった。二人の師匠が、父が残した事務所にやって来て、真剣に打ち合わせをしている。その姿を見ながら、私は不思議な感覚に襲われた。ずっと師匠をお手本にして、歩みを進めていけということなのか。父の願いが、ふとわかった気がした。

使い道なく老朽化が進んでいくばかりであった、元金物屋の建物は、田中先生の書庫ならびに懇話会の事務所として、息を吹き返したのである。私は中村、田中両先生が事務所で打合せする様子を間近で見ながら、これは亡父の計らいに違いないと確信した。振り返ると、人生の岐路に立つと、必ずといってよいほど思わぬ道が切り開かれるのである。そのたびに、父の存在を意識することが幾度となくあった。

そんな外国人政策懇話会だが、二〇一八年一月で活動を終えることになった。だが、その後も田中先生の蔵書類は、事務所内での保管が続いた。

同年九月に大阪を直撃した台風二一号により、事務所は甚大な被害を被る。玄関のシャッターや屋根が吹き飛び、惨憺たる有様である。修繕を予定していたところで、地主から退去を要求されることになった。

そこで外国人政策懇話会の発起人にも名前を連ねる、弁護士の丹羽雅雄先生に地主との交渉を一任することになった。丹羽先生は、中国人強制連行訴訟など、いくつもの戦後補償裁判で弁護団長を務める、法曹界の重鎮である。結果的に、丹羽先生のご尽力のおかげで、古い事務所を地主に売却することで決着した。

だが膨大な資料類をどこに移すか、という難問が残っている。当初、田中資料の行き先を、真剣に考えてくださったのが、外村大東京大学教授であった。何度も東京から大阪市内の事務所まで足を運んで、検討を重ねてくださった。一部の資料を東大の研究室に運ぶために、東京から赤帽を手配して、荷物を積み込んだこともあった。

それでも田中資料はまだ大量に残っている。事務所の明け渡し期限が迫る中、さすがに焦りを感じるようになっていた。そのタイミングで、救いの手を差し伸べてくださったのが、伊地知紀子大阪市立大学教授である。大阪市立大学人権問題研究センターに設置された、大阪コリアン研究プラットフォームの代表である伊地知先生は、貴重な田中資料を一括して同研究室内に受け入れることを、決断してくださったのである。

こうして無事期限までに、事務所は空っぽになった。何もない事務所を眺めていると、いろんなことが思い出された。私は小さい頃から、父が金物屋を営んでいたこの場所に、頻繁に連れてもらってきていた。父の出勤に、私も一緒についてきて、仕事が終わるまで一緒にいることもよくあった。機械油の匂いを嗅ぐと、いまでもその当時の幸福な気持ちを思い出してしまう。もう半世紀以上も前のことである。

そんな幸せがいつまでも続くとばかり思っていた。しかし平穏な日々は、あっけなく瓦解してしまった。母は心を病み、やがて父も病気で早逝してしまう。幼い頃の思い出は、儚い幻のようだ。

しかし、父の没後四十数年が経ち、残した事務所を舞台に、これだけ多くの立派な先生方が様々な知恵を出してくださったのである。さぞや亡父もあの世で、喜んでいるに違いない。父がこうした縁を作り出してくれたのだろうか。きっとそうだと思いたい。人は死んでも、その思いは残された者の心に生き続ける。何もなくなった事務所だが、耳を澄ますと機械の音や父の声が蘇ってくる。懐かしい記憶は、ずっと私の中に残り、永遠に輝き続ける。

第八章　従姉の自死

母には、二人の兄と下に妹がいる。母の妹（私の叔母）は、私たち兄妹のことを親身に考えてくれる、邪心のない信頼できる人である。それに引き換え、上の兄二人（伯父）は、利己的で強欲を絵にかいたような人物であった。

とりわけ酷かったのが、長兄である。どうすればこれだけ品性下劣で、悪辣な人間になるのか不思議に感じるほど、人品骨柄の卑しい輩であった。祖父の残した材木屋等の資産を相続する時も、公平な財産分与などするはずもなく、欲の皮がつっぱった弟と、血で血を洗う骨肉の争いを繰り広げた挙句、一切合切すべてを独り占めした。

この人物は、商売に対する独特の哲学を持っていた。いかに他人を欺き、自分一人だけが得をするかという、商道徳である。他人の財産であろうが、金目のものならすべて私物化することが、商売の王道だとの信念を持っていたとでも、言い換えてもよいかもしれない。泥棒や詐欺師と同じ、精神構造の持ち主だったといえる。

だから、どんな客とも、継続して取引しようなどとは思わない。何しろ、相手が喜ぶ姿は、自分の利益の減少を意味するわけである。それは全く喜ばしいことではない。得意先を欺き、私益を極大化することだけが最大の目的だから、相手が騙されたと烈火の如く怒る姿こそが、商売の成功を意味していたのである。

とはいえ、通常の業務は、イエスマンの番頭に任せて、本人はゴルフ三昧の生活をしていた。騙す時だけ、事務所に詰めるわけである。泥棒としては、エキスパートの域に達していた。

それからこの伯父は、自分を受取人にした生命保険を、他人に掛けたがる性癖があった。人は必ず死ぬ。これだけは人類史上、一人の例外もない絶対的な真理である。生命の有限性は、人類のみならずあらゆる生物に共通する宿命である。

この人物からすると、死を避けられぬ人間を対象にした生命保険ほど、確実な投資はないように思われたのかもしれない。私も一〇代の頃、伯父から将来必要だと促されて、生命保険を契約するために、健康診断を受けに行かされたことがあった。結局、保険会社から却下されたらしく、うやむやになったのだが、今から思うと伯父が、私が死ぬのを、虎視眈々と待っていたのかと考えると寒気がする。

それから何年もたって、叔母の息子（一つ年下の従弟）から、同じ経験があると聞かされ、心底ぞっとした。伯父のメンタリティは、保険金殺人犯とほとんど変わらない。異なるところは、実際に手を下すか否かという点だけである。もちろん殺人を犯すかどうかの違いは大きいが、精神構造の大半が合致しているといえるのではないだろうか。

それに何かにつけて、楽な儲け話を探して、周囲にアンテナを張り巡らしていた。特に、親戚の動向には敏感で、鵜の目鷹の目で人の暮らしに干渉したがる。先の従弟から聞いたのだが、自宅の建て直しを検討していていたところ、どこから嗅ぎつけたのか、この伯父は勤務先まで何度も電話をしてきて、執拗に建築会社を紹介させろと、要求していたらしい。よくよく話を聞いていると、どうやら自分が間に入って、マージンを取ることが目的らしいとわかってきた。どういう理屈で、この男が中間マージンをとるのか、全く承服しかねる話である。あほらしくなり、べつに結構ですと断ったら、「おまえは大物になれんぞ」と、捨て台詞を吐いて、電話を切ったという。常人からは伺い知れぬ、異様な思考回路の持ち主らしい。

この伯父は、バブル期には悪徳不動産ブローカーと組んで、地上げ行為に血道をあげていたとも聞く。濡れ手で粟の商売ほど、この人物にぴったりの仕事はない。

そんな精神構造の人間だから、私の父が死んだときは、表情には出さぬが、内心腹を抱えて大笑いしていたことは間違いない。何しろ、父が逝った後に残されたのは、入院中の実妹と、まだ子どもであった私たち兄妹だけである。どうぞご自由にと、無人の家を開放してもらったような状況が、目の前に突如として現れたようなものであった。当然のことながら、伯父はほぼすべての財産を盗み取ったことは言うまでもない。しかし数年後、すべての悪事が露見し、逮捕寸前にまでいくことになる。

こういう人物を生み育てた責任は、もちろん祖父母にある。いったいどんな育て方をしたのか。昔は男が生まれると、跡取りができたと過剰に甘やかす傾向が、日本社会ではよく見られたものである。特に、長男の中には、殿様気分で大きくなった者も少なくない。身の回りのことは、すべて母親や周囲任せにして、本人は床柱を背にふんぞり返っている。

伯父は自分の衣服も畳めず、魚も骨を人に抜いてもらわなければ食べられない、過剰に甘やかされて育ったボンボンであった。自分を中心に、世の中は回っているとでも思っているようなボンクラであるから、人と分け合うという観念がそもそも欠如していた。どんな手段を使っても、すべて自分の懐に入れなければ、納得いかない性分だったのである。

伯父には、二人の子どもがいる。子どもの母親である最初の妻は、脳腫瘍を患い、手術中の大量出血が原因で急逝した。しばらくして再婚した後妻との間には、子どもはいない。

上の息子（私の従兄）は、親父の体質を忠実に受け継いだ、卑屈で嫌味な性格の人間に育った。子どもの頃から、弱い者いじめばかりをする問題児であった。弱い相手には徹底的に偉そうにするくせに、強い者にはへえこらへえこら媚びへつらう陰険な人物である。親父譲りの浅ましさは、生き写しといえた。

この従兄は、身の回りを高級ブランド品で飾り立てていた。中身のない人間は、装飾にこだわるものである。ずっと以前、田舎で従兄弟たちと野球をやっていたら、どういうわけかこのブランド男も、仲間に入ってきた。何をしても嫌味な奴だけに、相手チームの選手と喧嘩になって、セーターの胸ぐらをつかまれ、引きずりまわされ顔面蒼白になっていたことがあった。爆笑である。その時、従兄は「(このセーターは)カ、カシミヤやぞ!」と、宣って皆に失笑を買っていた。

従兄は、父親から教育と称する体罰を、小さい頃から度々うけていた。顔面や身体を殴りに殴られて、気絶するほどの暴力だったらしいが、伯父は幼児教育を施したと誇らしげであった。だから従兄は、親父の言うことには、恐怖心から絶対服従である。けっして反論しないよい子に育ったと、伯父は自慢げに話していたが、どれだけ従兄の性格が曲がったか、理解ができないようだった。伯父は、私に対して「幼児教育がなってないから、ロクでもない奴になった」とよくいっていたが、要するに親からの体罰が足りなかったといいたかったらしい。

体罰で「よい子」になった従兄は、強力なコネで大手広告代理店に入社する。勉強などしたことのない劣等生でも、親の言うとおりにしていれば、ちゃんと人生のレールは用意してもらえると、痛感したであろう。結婚相手も美人CAを紹介してもらえた。人生はまさにバラ色であった。

この無能な男には、下にせっちゃんという妹がいた。荒涼たる家庭環境に咲いた、一輪の美しい花であった。掃き溜めに鶴とは、彼女を形容するためにある言葉のようであった。兄貴とは正反対に、コツコツと勉強をする優等生で、他人に対する思いやりもあった。私の父が死んだあと、大学生だったせっちゃんは、私の妹が可哀そうだと、家庭教師を買って出て、相談相手にもなってくれた。小学生の時に、実母を亡くした経験があるから、人一倍妹の気持ちが理解できたのだろう。

しかし、せっちゃんの人生も、傲慢な親父の介入で次第に歪んでいく。大学卒業後の就職も、縁談に影響するからといわれて断念せざるを得ず、本屋のアルバイトを続けざるを得なかった。だが伯父の眼鏡にかなう、資産家で家柄がよく、医者などの肩書を持つような、誰もが羨む相手は容易に見つからない。

伯父は結婚相手の品定めをしながら、娘の縁談に差し支えるから、しばらく母を精神科病院に入院させて、人目に触れぬようにしてくれと、私に要求してきたこともあった。どこまで身勝手な人物なのか。はらわたが煮えくり返る思いであった。

そうするうちに、せっちゃんは三〇代に入ってしまう。せっちゃんにとって、父親のみならず継母との関係も負担であった。実母の死後に、家に来た継母とはそりが合わず、ずっとつらい思いを抱えて暮らしてきたのだった。そんな相談を、父親にできるはずもない。兄は無能である。唯一、祖母にだけは時々悩みを打ち明けていたと聞く。

八方塞がりのなかで、せっちゃんは次第に精神に変調をきたし始める。家は苦痛だと、一人暮らしを始めたが、どんどんふさぎ込む一方であった。そして一九九五年の初夏、せっちゃんは、大量の薬物を飲んで自死を遂げてしまった。

一報を聞いたとき、せっちゃんは父親に殺されたのだと思った。自分の子どもを、まるで私物のように支配し従属させた挙句、死に追いやってしまったわけである。私にできることはなかったのかと、後悔したが遅すぎる。葬儀の時に会ったせっちゃんが、以前と変わらず美しいままだったのが、せめてもの救いであった。

せっちゃんの母が、亡くなった時のことを思い出した。まだせっちゃんは小学六年生で、私は四年生だった。泣いてばかりで話をできる状態ではない。しかし少し落ち着いたところで、せっちゃんは私に手のひらを見せ、こんなことを言った。

「真ちゃん、私の生命線短いねん。お母さんも短かったんかな。私も早死にするかもしれへんわ」。私は「そんなことないで」と、小さな声で返事するのがやっとだった。どうしてあの時「絶対そんなことはない」と、強く言わなかったのか。せっちゃんの亡骸を前に、私はいまさらながら後悔していた。私が大きな声で、「大丈夫や。きっと長生きするから」と答えていたら、せっちゃんの運命は変わったのではないのか。そんなことを考えながら、お棺を担ぐと、哀れなほど軽かった。隣を見ると、せっちゃんの親友が悲痛な表情で、涙を流しながら担いでいた。なぜこんなことになってしまったのか。やり場のない怒りが、こみ上げてきた。

私の母を重病人にし、せっちゃんを自死に追いやった背景には、一族に通底する病理が存在する。ここでは触れぬが、他にも心を病む者が、親類には複数いる。これは偶然ではない。病みきった家庭環境の息苦しさ、不自然さが一人一人を追い詰めていく。その問題を直視しなければ、今後もせっちゃんと同じような悲劇が、繰り返し起こるに違いない。

第九章　偏見と支えと

母もいつしか老境に入ってしまった。精神に変調を訴え、入退院を繰り返していた頃から数えると、すでに半世紀近くの歳月が流れてしまったわけである。考えれば考えるほど、哀れになってしまう。最初に入院した時は、ちょうど母が四〇歳になった頃であった。本当なら気力体力ともに充実した、人生でもっとも輝かしい年代だったはずなのに、そこから長い長い迷路を彷徨う日々が始まってしまった。

同時にそれは、私たち家族にとっても、辛い暗黒の時代の始まりを意味していた。まだ中学生の私と小学生の妹は、荒れ狂う母の様子に怯えながら、息を潜めるように暮らす毎日であった。

そこから紆余曲折の末に、母の病状は安定し、自分の身の回りはもちろん、家庭における家事全般についても、大体のことは問題なくこなせるようになってきた。当初の混乱ぶりが嘘のように、いまでは落ち着きを取り戻している。

少し前の話になるが、バブル真っ只中の一九九〇年に、老朽化が進む自宅を建て替えた。これを機に、住居に併設していたアパートも廃業し、敷地をすべて自宅に衣替えすることにした。母の調子がよくなっていたことが、家の新築計画を後押しした側面は大きい。元々、手狭だったことに加えて、アパートと一体の家はプライバシーがあってないような住環境であった。母の精神健康上にも、おそらく良い影響を与えていなかったという気持ちが強くあった。アパートの住人に、気を遣わなくて済むようになれば、さらなる病状の改善が見込めそうであった。

そんな建て替えから、すでに三〇年以上が経過している。自宅周辺の家並みも、古い住宅の建て替えが進んだこともあり、大きく変化した。分譲マンションが増え、住民の顔ぶれもずいぶん変わった。今後もさらに、入れ替わりが進んでいくに違いない。

近隣の急激な変化を見ながら、様々な感慨に襲われることがある。古い話を思い出した。私が学生の頃、仲の良い女友達がいた。彼女は地方の出身で、親元を離れて暮らしていた。特に深い付き合いではなく、単なる友人だったのに、田舎の両親は娘のことを心配して、私がいったいどういう人物なのか、自宅周辺で聞き込みをして歩いたことがあった。娘を思う親の気持ちは理解できなくもないが、はっきり言って過剰な反応である。

彼女の両親は、結局何軒もの家を訪ね歩いたというが、話を聞いた人全員が、私の母が重病人で、大変な家庭だから気を付けたほうがよいと答えたそうである。面と向かっては、何も言わずとも、周囲の本音はこのようなものなのである。

他にも、こんな出来事があった。大学時代の親友N君と、夜に車で出かける用が出来た。確か皆既月食があった真夏の夜である。さあ出発というところで、私は忘れ物に気づき、自宅前に車を止めて、友人を車内に残したまま、家に入った。しばらくして車に戻ると、友人が「おまえ近所でよっぽど嫌われてるんやな」という。どういうことか尋ねたところ、彼はこんなふうに説明してくれた。

私が家に入ったあと、隣家から夫婦が出てきて、怪訝そうに車の様子をじろじろ見ていたらしい。自宅前の通りは、以前は街灯が少なく夜は暗かった。だから車内に人がいることに、その二人は気が付かなかったようである。

すると隣のオヤジが、「これはキ○ガイの車か。キ○ガイのくせに、こんなところに車を止めやがって」と、吐き捨てるように言ったという。さすがに妻にたしなめられたらしく、すごすごと自宅に入っていったという。そのすぐあとに私が戻ってきたということだった。友人は、てっきり私が隣家のオヤジに狂人呼ばわりされていると思ったようで、近所で評判が悪いらしい私を、非常に心配してくれた。

だが私は、その話を聞いて、すぐに意味するところが分かった。隣家のオヤジは、裏に回ると、日常的に母のことをキ○ガイと呼んでいるということである。さしずめ私や妹は、キ○ガイの息子と娘ということなのだろう。おそらくこんな偏見に満ち満ちた目で、私たち家族を見ている人が、おそらく近隣には少なからずいるということである。うすうす気づいてはいたが、現実を突きつけられると、さすがに不愉快な気分であった。

精神疾患を持つ人は、日本社会にたくさんいる。近年は、精神障碍者に対する理解も進み、以前と比べて、ずいぶん偏見は少なくなってきているようにも思う。とはいえ、実際にはまだまだ世間の視線は非常に冷たいままというのが、私の実感である。心の病を抱えていても、けっして他人に危害を加えるわけではないのに、周囲からは危険人物を見るような眼差しに晒され続ける。母が祖母に暴力をふるったというのは、極めて深刻な病理が家族のなかに横たわっていたことが原因としてあったからであり、あくまで特殊な家庭内限定の事例である。

むしろ心の病を持つ人は、一般にシャイで人と関わることに臆病であることが多い。だから外で何らかの問題を起こすことは、実際のところけっして多くはない。むしろ健常だと思われている人の方が、警察沙汰をおこす圧倒的多数派だという事実に、多くの人はあまり目を向けない。

私の母が、四条診療所に通い始めた一九八三年頃は、まだ心療内科も多くはなかった。それから四〇年近くがたつが、いまでは街中で心療内科のクリニックを数多く見かけるようになっている。それだけ心の問題を抱える人が多いという証左でもあろうが、日常的に通院できる医療機関が身近にあるというのは、心強い限りである。以前と比べると、隔世の感がする。

そうした社会状況の変化とともに、心の病に対する理解が進んだかと言えば、疑問符が付く。依然、精神疾患を持つ者を、危険視する傾向は世の中に厳然と残っていると言わざるを得ない。最近では、統合失調症であることをカミングアウトした芸人もいるが、そういう積み重ねにより、精神疾患はけっして特殊な病ではないとの、理解が進めば喜ばしいことである、一応付け加えておきたいが、先の話からも分かるように、心の病を持つ当事者のみならずその家族も、様々な偏見に晒されやすい。こうした病が遺伝病であるとの先入観に束縛されている人が案外多いという背景がありそうだが、そこから色眼鏡で本人やその家族を蔑視するわけである。だがこれは短慮というしかない。精神疾患は、けっして遺伝病ではなく、むしろ人と人との関係性に由来する病である側面が強い。条件さえそろえば、誰もが当事者になりうる可能性がある。自分事として捉える視点こそが、この病を考える上においては、非常に重要である。

結局、私がN君に、母の病について詳しい説明をしたのは、皆既月食の夜からしばらくたってからのことだった。仲の良い友人に対しても、この種の話は打ち明けにくいものである。

誤解を招かぬように付け加えておくが、私たち家族が近所の人から嫌がらせをされていたわけではけっしてない。都会暮らしは、そもそも人間関係が希薄である。お互いの生活に、ほとんど干渉しない。だが、そうしたなかでも母のような病人は特別目立つ存在であった。周囲から完全に浮いていたから、当然近隣からの冷たい視線に晒された。だが考えてみると、その程度の話であった。

むしろ強調しておきたいのが、私たちは決して地域社会の中で孤立していたわけではなかったということである。ありがたいことに、地元にいる古くからの幼馴染が、私たち家族のことをよく理解し、事あるごとに助けてくれた。とりわけ材木屋のM君や警察官になったY君には、どれだけ多くの局面でバックアップしてもらっただろうか。いくら感謝しても感謝しきれない。何より重要だと思ったのが、身近に信頼のできる仲間がいる安心感である。その点において、私は恵まれていたというしかない。どんなにつらい境遇にあっても、けっして孤立無援ではないという実感が、どれだけ私たちを勇気づけてくれたことか。

もちろん偏見はある。その一方で、ちゃんと親身になって支えてくれる人もいる。私たち家族は、そうした思いやりのおかげで、コミュニティのなかで長く暮らすことができたといえる。

これからの日本社会においては、多様性が最も重要なキーワードとなるに違いない。様々なルーツや背景を持つ人たちが、社会で活躍するのが当たり前のことになる。それはナショナリティに限らず、心身に障碍を持つ人たちにとっても同様のことであろう。健常者だけが、世の中の主役である社会は息苦しい。

新自由主義が幅を利かす世の中は、何事も自己責任で片付けようとする。効率性だけを優先すれば、一番に弱者が切り捨てられる。そんな社会は一見競争力があるように見えるが、けっして心休まる場所ではない。むしろマイノリティの輝く機会がちゃんと用意されていることが、社会の豊かさを表す重要な指標となるだろう。

一般的に企業は、どれだけたくさんの利益を上げるかが、最優先事項である。にもかかわらず、会社がいかに巨額の利益を得ようが、社員に還元することなど二の次である。

健康で五体満足な社員を、安月給で過労死寸前までこき使うのが理想の企業経営なのだろうか。そのうえ、いつでも雇止めしやすいように、非正規雇用が幅を利かす。非人間的な生活を社員に強要することで、多くの日本企業は繁栄を謳歌してきた。そこには、競争原理の埒外で生きる障碍者が入り込む余地などない。しかしそんな企業社会も、変わらねばならない時を迎えている。

私は精神疾患を持つ母と長く暮らす中で、日常当たり前だと思われている様々な社会のシステムが、けっして万人に優しいものではないという思いを強く持ってきた。企業優先の強欲な社会は、障碍者を門前払いにし、健康な人であっても、過労の末に病人にして放擲してしまう。一体誰が幸せになるのか。

これからは、弱肉強食ではない、だれもが幸福を実感できる社会を目指すしかないだろう。もちろん私に具体的な妙案があるわけではないが、一つだけ言えることがある。それは母のような病人でも、世の中にちゃんと居場所があり、生きがいを持って暮らせる社会を実現することである。一度社会から疎外されてしまうと、元通りの生活に戻ることさえ難しい。

どのような形であれ、充実した人生を実感できる社会を夢見て生きていきたい。そんな未来が訪れることを、年老いた母とともに、この目で見てみたいものである。

第十章 狂気の意味するもの

いまでも、中学や高校時代の出来事を思い出すことがある。嫌な記憶だけに、余計に印象深いのかもしれない。病気の母のやることなすことに、いちいち腹を立てていては、こちらの神経が持たない。できるだけ苛立たないように心がけていたが、毎日なにかしら不愉快な出来事があった。

例えばお茶のなかに、塩を入れる奇行である。本人にとっては、毒消し的な意味があったのかもしれない。家の中にスパイが潜んでいるとか、誰かに監視されている、ご飯に毒を入れられていると、訴える眼差しは正気を失っていた。

塩味のするお茶を口に含むと、思わず吹き出しそうになる。こちらも腹が立って文句を言うが、相手は全く素知らぬ顔である。相も変わらず、意味不明な独り言を、絶え間なく吠え続けている。そんな様子を、友達に見せるわけにはいかない。家に私を誘いに来ても、母を見られぬよう隠すのに必死で、気が気でない。姿は見えなくとも、奇声は発するわけだから、友達も妙な家だと思っていたことだろう。

母の狂気は、家庭内にとどまっていたわけではない。私が家に帰ると、どこから買ってきたのか、まるで店屋でもはじめるのかというほど大量の品物で、玄関が埋め尽くされていることが頻繁にあった。家族だけでは、とても消費しきれぬほどたくさんの食材や衣類、薬などの品物が、母によって家に持ち帰られているのである。しかし、それらはちゃんと金を払って買っている。どこにそんな金を隠し持っているのか知らぬが、母はそれを財布につめて出て行き、商店街で散財を繰り返すのである。

返品に行くのは、私か妹あるいは祖母である。店屋に商品を返しに行くと、店主からこっぴどくなじられることなどいつものことである。罵倒の挙句、返品を断られることもあり、食品などはそのほとんどを廃棄せざるを得ないことも一再ならずあった。こういった難行が待ち構えている家になんて、誰が喜んで帰りたいだろうか。

ある日の夕方帰宅すると、玄関先にかまぼこや竹輪などがうず高く積んである。それを見たとたん「あぁ、またか」と、絶望的な気分になった。どこで買ったのか、母に問いただすと、友人の両親が経営する服屋の向かいだという。一瞬ピンとこなかったが、そういえば老人が露店を出していることを思い出した。しかし、そんなところにのこのこ返品に行って、もしも友達に目撃されたらえらいことである。そこで、この「仕事」は祖母に押し付けることにした。台車に商品をのせて祖母が出て行くのを見届けると、少し肩の荷が下りた気がした。

小一時間が経ち、祖母はすっかり暗くなった街路を、トボトボと帰ってきた。すると、家に入るなりおいおい泣きはじめるではないか。それを見て、最初はよほど口汚く罵られたに違いないと思ったが、どうも様子が違う。

話を聞くと、台車いっぱいにかまぼこ類をつんだ祖母を見るなり、店の主人は思わず「あっ」と、小さな声を発したという。怒鳴りつけられることも覚悟していたが、表情はそれとは全く違うものだったらしい。

「悪かった」

開口一番、老人は祖母に詫びたという。

「さっき来はったのは、あんたの娘さんか。ホンマにわしが悪かった。娘さん身体の具合悪いんやろ。それはわかってたんや。そやけど、欲しいいうもんやから、その言葉に負けて、売ってしもたんや。ワシが売らんといたらよかったんや」と、店の主人は恨みごと一つ言わず、祖母に謝り続けたのだという。

「ワシが売りつけたばっかりに、あんたにつらい思いをさせてしもうた」と、罵るどころか、老人は謝りながらすぐさま商品を引き取って、返金に応じてくれたのだという。

予想もせぬような対応に驚いて、祖母はお礼の言葉がなかなか思いつかなかったらしい。どうにかこうにか搾り出すように礼をいい、逃げるようにその場を立ち去ろうとしたところ、最後に老人はこう言ったのだという。

「娘さんの病気、一日も早ぅ治したってや。ワシも影ながら祈ってるさかいな」

「仏さんみたいな人や」

祖母は涙を流しながら、その露店に向けてずっと手を合わせていた。

あれからすでに四十数年の歳月が流れている。しかし、祖母が涙ながらに感謝していたその姿は、まるで昨日のことのように、鮮明に思い出すことができる。なんとも切なくなるような初秋の黄昏時の出来事を、幾度私は振り返ったことだろうか。何度も何度も、あの場面を回想しながら、そこに潜む深い意味をずっと手繰り寄せようとしてきたような気がする。

祖母（母の実母）は、奈良県の大きな材木商の家に生まれた。地元でも何本かの指に入るほどの名士で、家には多くの使用人を抱えていたという。祖母は明治の生まれにしては珍しく、ピアノなんかも上手に弾けた。そんな家庭に生まれたこともあって、名門気分がずっと抜けずにきたようである。同業のやはり大きな材木屋に嫁いだ祖母は、母を含めて四人の子どもに恵まれた。祖父母は子どもたちに、自分たちの家柄は特別だと言って聞かせたらしく、実際それにふさわしい相手との結婚を望んだ。そして、みなその通りとなった。

ここまでは、親の希望通りである。ところが、そのままうまく行かぬところが、人生というものなのかもしれない。私の母は旧家の跡取り息子の元へ嫁いだのだが、この男は極めて無能な人物であったらしく、結婚生活は長続きしなかった。夫婦関係の破綻を機に、母は生まれたばかりの乳呑み児を、相手の両親に奪い取られたあげく、実家に追い返されてしまう。以来、ただの一度も子どもに会うことは叶わなかったという。結局、兄妹のなかで、母一人だけが耐えがたい辛酸を味わったわけである。

二度目となった相手が、父であった。和歌山県の片田舎の生まれで、出自にとりたてて目立つものはない。祖父母の目から見て、父はしょせん格下の家柄出身でしかなかったのだろう。進学者の少なかった時代に、旧制中学校を出ているとはいえ、それだけではとても眼鏡に適わぬ、ごくごく平凡な人間と映ったようだ。

たしかに父には、目立った学歴や家柄があるわけではない。しかし、親類が経営する大阪の建築金物会社で勤めはじめてから、独学で図面の引き方を覚え、さまざまな新製品を考案するなど、いくつもの特許を取得するようになっていた。やがて、独立してからも、地道に商売を広げていき、業界では一目おかれる存在となっていたのである。

ところが祖父母らは、そのような父を、心の底から馬鹿にした。父のことを「恥ずかしい」と、親戚中に吹聴していることは、子どもの耳にも伝わってくる。母の妹は、医者と結婚していた。私からすると叔父であるが、その人を引き合いに出して、父を馬鹿にすることが常となっていた。

結論から言えば、祖父母には人を見る目が決定的に欠如していたのである。学歴や家柄などというお飾りの部分だけに目を奪われるばかりで、人間の本質というものを全く評価できなかったわけである。偏狭な価値観で、自分の子どもたちを縛りつけ、イジマシイ選良気分に浸りながら満足を覚える俗物であったのだ。

しかし、母はそんな俗物の世界から、一人落ちこぼれていた。理想と現実の溝は、本人にとり耐え難く、おそらく身心を引き裂かれるほどの、孤立感に苛まれていたのであろう。こうした心無い仕打ちは、おそらく父と母が結婚して以来、ずっと続いてきたのだろうと推察できる。なにかにつけて肩身の狭い思いを、母はずっと味わってきたに違いない。

私が八歳の頃、祖父は亡くなったが、それからも状況に変わりはなかった。祖母は、毎週月曜日に阿倍野にある私の家にやってきて、週末になると難波の長男宅へ帰っていく。ほとんど私の家に入り浸っていたのだが、幼い頃は祖母がいることが素直に嬉しかった。土曜日の夜、祖母が帰っていく姿を、また月曜日になれば戻ってくるにもかかわらず、涙ながらに見送ったものだった。そんな祖母に、私は尋ねたことがあった。

「よその親戚のところへも行かんでええの？」

すると祖母は言った。

「よその家は気ぃつかうんや」

父は学歴が無いから、言葉遣いや身なりにも気を遣わなくて済み、リラックスして暮らせる、と言いたかったのだろう。祖母がいつも、父のことを馬鹿にしていることを知っているだけに、なんて身勝手なことを言うのかと、幼心にも腹立たしく思った。そのような生活を送っていると、神経がだんだんとおかしくなってくる。やがて母は、精神に変調を訴えるようになり、生活の歯車が確実に狂いはじめる。まだ幼かった私や妹でさえも、そのことをはっきりと実感するようになっていた。

そうするうちに、私は有名私立中学校を目指すことになった。

「人間にとり、一番大事なのは学歴や。学歴が無かったら、お父ちゃんみたいに恥ずかしい思いを一生せなあかんようになるんやで」というのが、祖母の口癖であった。そんな祖母に背中を押されるようにして、私は身の程知らずにもエリート中学校を受験した。合格発表の日、結果を母と見に行くが、私の番号はどこを探しても無い。しかし、全く悔しくもなかった。ところがそのとき母が、掲示板の前で錯乱しはじめたのである。私はいたたまれずに、その場から走って逃げ出した。どこをどうやって家まで帰ってきたのか、どうしても思い出すことができない。この一件を境に、私たち家族の生活は、完全に崩壊したといってよいのかもしれない。

それからは、まるで坂道を転がり落ちていくような日々だった。母の病状は、悪化の一途をたどり、毎日毎日がまるで生き地獄のような生活となった。

だが試練はこれだけにとどまらず、さらなる暗雲が私と妹の前に垂れ込めることとなる。私が高校一年の秋、健康にだけは気を配っていた父が、身体の不調を訴えはじめた。精密検査の結果、進行した肺がんであると診断され、それから約九ヶ月間の闘病の末にこの世を去ってしまったのであった。好不況の激しい商売のかたわら、昼夜を分かたぬ耐え難い心労の日々が、父の肉体を確実に蝕んでいたことは容易に想像できよう。

私たち兄妹は、絶望的ともいえる状況に置き去りとなってしまったわけである。もはや私たちには、祖母とともに母の病に寄り添って生きていくことしか、選択の余地はなかったともいえる。

来る日も来る日も、母の狂乱は収まることは無かった。起きている間は途切れることなく続く意味不明の言動は、まるで壊れたラジオのように大音量で垂れ流され続ける。いつになれば、こうした現実から開放されるのか、嵐が過ぎ去るのをただただじっと身を潜めて待つよりほかなかった。明日の朝になれば、この世の中が一変してはいないかと、期待しながら目覚めても、昨日と何ら変わらぬ現実が手ぐすねを引いて待ち構えている。疲れを知らぬ母の狂気は、朝早くから夜更けまで一日中暴走しつづける。

しかし、そんな狂いきった母の言葉は、心の奥底から吐き出される魂の叫びであったのかもしれない。そうやって狂いきることでしか、母は生きていくことができなかったのだろう。顔面を歪めて大声でわめきちらすその形相は、まさに魔物にとりつかれたかのような、常軌を逸した姿に見えた。しかし、まったく脈絡のつかめぬ言葉の羅列ではあるが、虚心に耳を傾けていると、少なくともなにかのメッセージを他者に発していることだけはわかる気がした。そうするうちに、母の魂の叫び声は、身の回りを取り巻くさまざまな人間関係に、何らかの微妙な影響を及ぼしはじめていたのかもしれない。


あの日、祖母が台車を押していった先は、思えば祖父母らが最も軽蔑する階層に生きる者の膝元ではなかったのだろうか。自分たちとは、住む世界が違うと見下す相手から、どんな言葉で罵倒されるかも分からぬ状況のもと、祖母の行く先には、いわば倒錯の世界が待ち構えていたのである。

ところが、そこで祖母を迎えてくれたのは、慈悲深い老人であった。思いもよらぬ温もりのある言葉に触れ、祖母はおそらく地獄で仏に出会ったような感動に打ち震えたのではないだろうか。帰宅して、涙ながらに手を合わすその様子は、今から思えばまるで自らの罪業の数々を悔い改めている姿にも見えたものだ。

もちろん母が、意識的にそんな場面をつくりだしたのではない。しかし、母のよりよく生きていきたいという強い願いが、そうした局面を現出せしめたことだけは間違いないと思われるのである。

キレイ事だけに生きる祖父母の虚構性を、母の狂気は打ち破ろうとしていたのではないだろうか。

日夜繰り返された、母の支離滅裂な言動は、切り裂かれそうになる魂の悲鳴にも感じられた。ああやって他者に迷惑をかけ続けなければ、誰も振り返ってくれない。母が最も訴えたかった相手は、祖父母であったに違いない。建前だけに終始する彼らの姿に、母はのた打ち回っていたのである。その思いが、目に見えぬ力となって、現実のさまざまな人間に作用を及ぼし、あの場面につながっていった。

真摯に生きようとする人間の凄まじさを、まざまざと見せつけられていたのだということが、還暦近くになり、だんだんとわかるようになってきた。これまでも私は、当時のことを思い出しながら、いったいあれは何だったのかと考え込むことがあった。しかし、若い頃には、靄に視界をさえぎられるように、長らくそこに潜む意味を考えあぐねていた。母が繰り返す数多くの奇行が、その本質を覆い隠していたということも確かにいえるのかもしれない。しかし、この世に生きるからこそ感じる、より人間的な苦悩の深みに分け入るためには、未だ何かが不足していた。

熟年になると、月日の経過とともに、失っていくことの多さに正直なところ戸惑いを隠せなくなることがある。かつて信じて疑わなかった無限に広がる自らの可能性は、はかない夢物語であることがはっきりとわかり、その半面いつか来る終焉の時までが、一望できる年齢に差し掛かっていることに気づき、呆然とさせられる。だが一方で、さまざまな経験が身体で熟成を重ねることにより、新たに獲得できるなにかが確かにあることも、同時に分かるようになってきた。

古びた思い出の中にも、何物にも代えがたい一筋の希望があったことがわかってくると、ただ暗くせつなかった青春時代もまた違って見えてくる。そして、あの時代が私のかけがえのない財産になっていることも、この歳になってようやく実感できてきたような気がする。

他者とは取替え不可能な、一度限りの人生を歩みながら、楽しい思い出よりもむしろつらく悲しい出来事をいまだに振り返る自分がいる。私の青春は、記憶から消し去ってしまいたいほどの、悔恨で塗り込められた時代であった。出来ることなら綺麗さっぱり新しくなった記憶のキャンバスに、美しい思い出を描きなおしたいと何度思ったか知れない。しかし、そうではなかったようだ。かつて延々と続いた日々の苦悩が、私の大切な礎となっていたようである。あの時代があったから、今の自分がある。そのことに気づくまで、長い年月を要したが、遠回りは決して無駄なことではなかったようだ。

母の病は、長年にわたり私たち家族を足枷のように束縛し続けた。その運命を、私は幾度呪ったことかわからない。しかし、渦中にいると、全く灯りの見えない闇夜を彷徨うような日々ではあっても、万物は必ず流転するようである。一日二日ではまるで変化は見出せぬが、十年二十年の模索の末に、母はやがて自分の道を歩み始めた。人生で最も気力体力が充実している壮年の時代を台無しにしてしまったが、老境に入ったいま、それを取り戻すかのように穏やかな生活を送っている。数十年前には、想像もできなかった平穏のなかで、私も時々かつての喧騒の日々を懐かしく思い返す。

「あの時代はなんだったのか」

自分自身に問いかけてみるが、それは未だによくわからない。だが、人間が生きていくことの苦しさを、母が身をもって示してくれていたことだけは間違いないだろうと思う。家族のなかに渦巻く矛盾や問題を、母は一身に背負い、人生を投げ出して警鐘を打ち鳴らし続けた。その意味を、私がいつまでも考え続けることでしか、母の苦悩に答えることはできない。

終章 こころの色、こころの形

二〇〇八年一二月一日、祖母は一〇一歳の誕生日を目前にして、天寿を全うした。十日ほど前、入所していた老人ホームを訪ねて会ったのが、生前最後の姿となった。その時は、すでに意識はなく、こちらの問いかけにも反応はなかった。

通夜に出席すると、祖母は穏やかな表情で横たわっていた。翌日の午前一〇時半、葬儀が始まった。お棺の祖母に花を手向けると、昔の様々な思い出が去来し、視界が曇ってきた。

私の父の葬儀を突然思い出した。父のお棺に花や使い残した丸山ワクチンを入れていると、多くのすすり泣きが聞こえてきた。この世に思いを残さざるを得ない、不本意な最期だったこともあり、その早すぎる別れに、周囲は戸惑いを隠せぬ様子であった。悲しみの中心には、私と妹がいた。病気で入院していた母は、その場にいない。おそらく今後、私たち兄妹の前途は容易ならざるものとなるに違いないと、参列者の多くは予感していたに違いない。その時、祖母が突然、棺の父に向けて大きな声で呼びかけた。

「正行さん、真司と千晶を守ったってよ、守ってよ」

確かに、それ以後の歩みを振り返ると、私たち兄妹は何かに守られ導かれてきたように、思われてならない。それが父の思いだったというのは、確かにその通りなのかもしれない。だが、現実には、祖母が必死の思いで、私や妹を守り育ててくれていた。

落ちこぼれの私が、予備校で勉強していた時も、大学に受かることを毎日祈ってくれた。念願かなって合格した時の喜びようは、尋常ではなかった。運転免許証を取った時もそうだった。私が一歩一歩前進していくのを、我が事のように喜んでくれた。そうしたことを思い出すと、祖母がいてくれたから、私や妹は生きてこられたと、あらためて感じざるを得ない。

祖母の葬儀では、気丈に見送る母の姿があった。久しぶりに母と会った親戚たちが、一様に驚いている。それを見ながら、私はかつての混乱の日々が、すでに過去の出来事になっていることを実感していた。まるで夢を見ているかのようである。

斎場に着くと、祖母の棺はあっけなく炉の中に吸い込まれていった。晩年は、母の病気もあって、祖母の思い悩む悲痛な表情ばかりが思い出される。私の父が死んだとき、祖母は七一歳であった。そんな老人が、病気の母に代わり、私たち兄妹の世話を一手に引き受けてくれていたわけである。

母の長きにわたる闘病生活は、まるで永遠のように感じられた。いくら病院に通っても、変化はあまりわからない。ずっと重病人として、一生を過ごすしかないのかと、祖母は暗澹たる気持ちになることが、幾度もあっただろうと思う。

しかしあきらめずに治療を続けるうちに、母の病状は少しづつ安定していった。そうするうちに、母は祖母の庇護から離れて、自分の意志で人生を歩んでいくことを望むようになった。幼い頃から、両親の操り人形として生きてきた母が、ようやく親の元から巣立つ時が来たのであった。祖母はそれを契機に、私たちの家を出ていった。

それから月日は流れた。老人ホームに入った祖母を、私は度々訪ねた。身体は衰えていたが、頭はしっかりしていて、ベッドの上で大きな虫眼鏡片手に、よく新聞を読んでいた。そこでもやはり、話題の多くが母のことであった。母を案ずるあまり、祖母は死ぬに死ねなかったのかもしれない。

ちょうどその頃、私の妻が妊娠していた。結婚から十一年目に授かった子どもであった。「もうすぐ子どもが生まれるんや」と、祖母に報告すると飛び上がらんばかりに、喜んでくれた。「生まれたら、ここに連れてきてや」と何度も念を押していた。

ほんとにいろんなことがあった。人生は山あり谷ありだ。しかし私の場合、人生の前半は、ずっと谷底を彷徨い歩いているような毎日だった。病気の母を抱えて、何度も途方にくれたものだった。そうしたなかで、祖母は激しく動揺する船から投げ出されぬよう、必死の思いで舵取りをして、私たち兄妹を育ててくれたのである。そのありがたみは、決して忘れることができない。

祖母の晩年はイバラの道であった。何一つ幸せなことはなかったはずだ。母の病気はもちろん大変な重荷であった。同時に、長く暮らした奈良の家は火災で全焼し、焼け跡から二番目の息子が焼死体で発見された。家業の材木屋は、一時羽振りがよかったものの、長男の放漫経営が原因で破綻し、大阪市内の資産はすべて人手に渡ってしまった。孫娘は自殺した。悲惨ともいえる末路である。

老人ホームで、祖母の口から長男の破産を聞いた時は、哀れとしか言いようがなかった。不幸ばかり続くのは祟りに違いないと、祖母は何度もため息をついていた。だが、けっして祟りに人生を翻弄されていたわけではない。それぞれを生きづらくする明確な矛盾や問題が、家庭の中に鬱積していたのだ。

母の生まれた家庭には、浅ましい虚栄心と空疎な自尊心、それに付随した他者に対する差別意識など、目を覆いたくなるような病理が渦巻いていた。しかし淀んだ空気の只中に長くいると、次第にそうした状況を恥とも思わず、汚濁にも慣れ親しんでしまうのかもしれない。だが、そんな病みきった家庭環境は、心ある人間の尊厳を深く傷つけていくことになる。家族の病理を一身に背負い、まるで炭鉱のカナリアよろしく、危険を訴える者が現れることになった。たとえ弱々しくとも、必死にさえずる姿は痛ましいばかりである。

母の場合は、狂気を身に纏った。母は家庭の問題を代表して背負い、悲痛な叫びで周囲に危険を訴え続けたのである。しかし悲しいかな、その訴えは届かず、様々な痛ましい出来事が周囲で繰り返し起こってしまった。

少なからぬ親戚が病み、人生を絶望する原因について、具体的に説明しようと思えば、いくらでもできる。だが、ベッドに横たわる百歳の祖母を、いまさら叱責したところでどうなるわけでもない。

阿倍野の自宅前で自撮りする著者と家族。
2021年10月（柳原一徳撮影）

反対に、楽しかった思い出もいくつもある。おそらく祖母にとって、一九七〇年に大阪であった日本万国博覧会の頃が、幸福のピークだったに違いない。当時の写真を眺めながら、祖母は「この時がいちばんよかったな」と、懐かし気に呟くことが幾度もあった。写真の中には、まだ小学二年生だった私や幼稚園児の妹が、無邪気に笑う姿が写っていた。写真の中の私たち家族は、本当に幸せそうだった。

あの頃の幸せな気持ちを、私はきっと一生忘れないだろう。老いた祖母に、余計な話は必要ない。楽しかった思い出を胸に、残りの人生を生きてもらいたい。そう私は強く願っていた。老人ホームからの帰り際に、祖母の手を握った時に感じた温かさからは、何の打算もない思いやりが伝わってきたことが忘れられない。

斎場に戻り、まだ熱いお骨を拾っていると、これまでの様々な出来事が走馬灯のように駆け巡った。つらい出来事も、過ぎてしまえば懐かしく思える。振り返って思うのは、諦めなくてよかったということである。いくら絶望的に見えても、目の前の試練に向き合ううちに、希望が見えてくる。

「天国では、きっと楽しいことばかりやからな」と、何度も何度も、私は祖母に向けて、心の中で呟いていた。

その時、祖母の声が私の耳元で木霊するのを感じた。

「正行さん、真司と千晶を守ったってよ、守ってよ」

祖母が、ずっと私たちを守ってくれたのである。

今日まで、本当に長い間ありがとう。安らかに。合掌。

参考文献

中井久夫『中井久夫集4　統合失調症の陥穽』みすず書房、二〇一七年

『統合失調症の有為転変』みすず書房、二〇一三年

『臨床瑣談』みすず書房、二〇〇八年

『世に棲む患者』ちくま学芸文庫、二〇一一年

中井久夫他『中井久夫講演録　統合失調症の過去・現在・未来』ラグーナ出版、二〇二〇年

河合隼雄『心理療法序説』岩波書店、一九九二年

『こころの最終講義』新潮文庫、二〇一三年

山中康裕『臨床ユング心理学』ＰＨＰ新書、一九九六年

『少年期の心』中公新書、一九七八年

統合失調症のひろば編集部編『山中康裕の臨床作法』日本評論社、二〇二〇年

松本ハウス『統合失調症がやってきた』幻冬舎文庫、二〇一八年

夏苅郁子『心病む母が遺してくれたもの―精神科医の回復への道のり』日本評論社、二〇一二年

木村敏『心の病理を考える』岩波新書、一九九四年

『人と人とのあいだの病理』河合ブックレット、一九八七年

あとがき

本書は、心を病んだ母の、約半世紀に及ぶ闘病記である。同時に、私や妹が、母に寄り添いながら、暗中模索を続けた記録にもなっている。

振り返ってみると、ゴールのないマラソンのような日々であった。来る日も来る日も、母の世話に追われ、私たち兄妹は心身ともに疲れ果てていた。病気の本人よりも先に、倒れてしまいそうであった。

幸いにして、母は山中康裕先生をはじめ、良い医師に巡り合ったことで、回復の道を辿ることになった。もちろん一直線に良くなったわけではなく、一進一退を繰り返しながら、少しずつ歩みを進めていったのだった。

今年（二〇二一年）、八六歳になった母は、自宅で悠々自適の毎日を送っている。心療内科でもらう薬を、ずっと欠かさず服用しているが、それ以外に取り立てて悪いところはない。足が弱り、階段の昇降に苦労はするが、家事など日常生活の大部分は、まだ自力でできる。年齢の割には、活動的な方である。

今にして思えば、母は幸運であったのかもしれない。精神の危機に際し、徳俵に足をかけるところまで追い詰められながらも、なんとか踏みとどまった。

もちろん、壮年期の大部分を、母は病気のせいで台無しにしてしまっている。そのことに関しては、不幸であったとしかいいようがない。どうしてそんなことになってしまったのか、考えれば考えるほど、過酷な運命に言葉を失ってしまう。

しかし、終わり良ければすべて良し、ともいう。残された人生を充実させて、失われた時間をすこしでも、取り戻すことができるなら、これ以上喜ばしいことはない。そして最期の瞬間に、ほんのわずかでも幸せを実感してもらえるなら、母の病に伴走してきた私たち家族としても、感慨無量である。

本書の刊行にあたり、『生命の農――梁瀬義亮と複合汚染の時代』でもお世話になった、みずのわ出版代表の柳原一徳さんに、再び多大なるご尽力をいただいた。出版不況の折、重苦しい内容の本を、世に送り出してくれたことに、この場を借りて、心よりお礼を申し上げたい。

本文中でも触れたが、新型コロナウイルス感染症の影響で、取材活動を自粛せざるを得ず、私の仕事も苦境に立たされてしまった。しかし、そうした状況が、母の病とともに、自分自身の人生を振返る契機ともなった。

じつのところ、母の病気に関する話は、いつかは書きたいと思っていた題材であった。だが、それはずっと先のことだと、漠然と考えていた。皮肉なことに、コロナ禍がそんな私の重い腰を上げるきっかけを、つくってくれたわけである。

結果的に、私は亡き父と病気の母の代弁をしたかったのかもしれない。私が書かなければ、いったい誰が両親の苦悩を言葉にできるのか。やがて誰からも忘れ去られて、世の中に二人の生きた痕跡すら残らなくなってしまう。それでは、あまりに不憫ではないか。そうした思いに衝き動かされるように、私はこの作品を書き始めた。今わの際まで、ずっと父に心配ばかりかけていたが、これですこしは安心してもらえるだろうか。

最後になるが、難産の末に完成した本作を、亡父林正行と母林好子に捧げたい。

林 真司――はやし・しんじ
ノンフィクション作家。一九六二年大阪生まれ。龍谷大学大学院経済学研究科修士課程修了（民際学研究コース）。有機野菜などを扱う食料品店を経営後、一九九九年に同大学院に入り、「民際学」の提唱者中村尚司氏や田中宏氏に師事する。同時に、シマ豆腐の調査を開始し、その成果をまとめた『「沖縄シマ豆腐」物語』（潮出版社）で、二〇一三年第一回「潮アジア・太平洋ノンフィクション賞」を受賞。二〇二〇年『生命の農――梁瀬義亮と複合汚染の時代』（みずのわ出版）刊。食べ物を通して、人間の移動や交流について考察を続けている。

私がヤングケアラーだったころ
――統合失調症の母とともに

二〇二一年一二月二五日　初版第一刷発行
二〇二二年　一月三〇日　初版第二刷発行

著　者　林 真司
発行者　柳原一德
発行所　みずのわ出版
山口県大島郡周防大島町西安下庄庄北二八四五
〒七四二―二八〇六
電話　〇八二〇―七七―一七三九（F兼）
振替　〇〇九九〇―九―六八三四二
E-mail mizunowa@osk2.3web.ne.jp
URL http://www.mizunowa.com

印　刷　株式会社 山田写真製版所
製　本　株式会社 渋谷文泉閣
装　幀　林 哲夫
プリンティングディレクション　黒田典孝
（㈱山田写真製版所）

©HAYASHI Shinji, 2021　Printed in Japan

ISBN978-4-86426-047-3 C0036